前世今生：孔雀的叫喊

虹影 著

虹影长篇小说定本全编

Peacock Cries at the Three Gorges

Hong Ying

南方出版传媒
花城出版社
中国·广州

图书在版编目（CIP）数据

前世今生：孔雀的叫喊 /（英）虹影著. -- 广州：花城出版社，2022.3
（虹影长篇小说定本全编）
ISBN 978-7-5360-9586-1

Ⅰ. ①前… Ⅱ. ①虹… Ⅲ. ①长篇小说－英国－现代 Ⅳ. ①I561.45

中国版本图书馆CIP数据核字(2021)第271848号

出 版 人：张 懿
项目统筹：许泽红　李倩倩
责任编辑：李 卉　吴其佳
技术编辑：凌春梅
封面供图：马灵丽
装帧设计：友 雅

书　　名	前世今生：孔雀的叫喊
	QIANSHI JINSHENG：KONGQUE DE JIAOHAN
出版发行	花城出版社
	（广州市环市东路水荫路11号）
经　　销	全国新华书店
印　　刷	恒美印务（广州）有限公司
	（广州南沙经济技术开发区环市大道南路334号）
开　　本	880毫米×1230毫米　32开
印　　张	8.5　2插页
字　　数	185,000字
版　　次	2022年3月第1版　2022年3月第1次印刷
定　　价	49.80元

如发现印装质量问题，请直接与印刷厂联系调换。
购书热线：020-37604658　37602954
花城出版社网站：http：//www.fcph.com.cn

献给母亲即将消失的家乡

从窗口望出去
我看到行星聚拢
就好像树叶
在风中翻卷
我看到黑夜来临
大步走来,像浓密的铁杉的颜色
我感到害怕
我记起了孔雀的叫喊

——华莱士·史蒂文斯

目 录

1　女子善怀，亦各有行（总序）/ 林宋瑜
21　修订本说明

001　前世今生：孔雀的叫喊

　　附录
220　"度柳翠"故事原作 / ［明］田汝成
222　无法穿越的"现代性"之坝 / 陈晓明
231　追寻着历史的身影 / 解玺璋
235　猜一猜，孔雀为什么呼喊 / 张颐武
241　一本好看的书 / 止庵

总　序

女子善怀，亦各有行
——虹影创作的 N 面

林宋瑜

纳博科夫在他的《说吧，记忆》前言中写道："对俄国记忆的一次英语重述的一次俄语复归的这一英语的再现，首先被证明是一项恶魔般的工作，但是给予我某种安慰的是想到这样一种为蝴蝶所熟知的多次蜕变，以前还从没有任何人尝试过。"①这里有几个关键词让我记忆犹新，一是语言，涉及母语及客语；二是重述与复归，涉及文化与经验；还有，就是"多次蜕变"。在我读到这个中文版本的《说吧，记忆》时，我差不多也与虹影的创作相遇了。当时的虹影，客居英国伦敦，她用中文写作，追述中国往事，重构记忆中的中国。

2021年3月，大部分地区正是春寒料峭，广州却已经一片

---

① 纳博科夫：《说吧，记忆》，杨青译，花城出版社：1992年，第4页。

姹紫嫣红。在生机盎然的气象中，我收到虹影发来的最新长篇小说《月光武士》的电子稿，文件名显示是3月8日修订的。3月8日这一天，是国际妇女节。《月光武士》书名很"异文化"，有玄幻小说的色彩。书名来自作为小说隐线的一则日本民谣故事：一身红衣的小小武士，骑着枣红色骏马闯荡四方。路见不平，拔刀相助，替天行道。他救了一个落难小姑娘，小姑娘不想活，小武士带她看月光下盛开的花，月色中长流的江水，人间美景皆是活泼的生命。小姑娘因此得到活下去的鼓励和力量……多么诗意和富有童话色彩！每个女孩心底都有一个"月光武士"，都有一种被呵护、被珍惜的渴望。虹影将这个情结置于残酷叙述之间，并让我们看见"月光武士"化身在人间，非常巧妙地化解了现实层面的悲惨、戾气、压抑和绝望的状态，让人有活下去的勇气。这种叙述方式，在虹影以往的长篇小说中是罕见的。

　　整个小说所呈现的生命情状，与广州这个季节的气息相呼应，是非常饱满、不断流动变化的生命方式。尘世的欲望与激情，色彩驳杂而灿烂；回首故乡的那种悲伤、审察和谅解的复杂心路，是对来路的回溯或追寻，潜蕴着对所爱之人刻骨铭心的依恋与怀念。小说通过真实与虚构的场景与人性解读，构造出一个强大的精神气场，生机盎然。而书名虽为"武士"，但我知道虹影的小说，主角必有奇女子。

　　这个一闪而过的猜想，大概来自对虹影数十年创作的理解。虹影在中国发表的第一篇小说，标题我还记得：《岔路上消失的女人》(《花城》杂志1993年第5期),距今将近30年。虹影是多产的,长篇、中篇、短篇小说,以及诗歌和散文,甚至童话作品,其创作迄今运用了多种不同体裁,当然最重要的体裁是小说。她的叙事风格、她藏在作品里的思想情感,也一直在微妙地变化着,然后渐渐形成了她丰富而独特的文学世界。"岔路上消失的女人"似乎成为一个隐喻,或者一个预言。虹影的作品,总会让我想起女人,她们的性格、命运、生活的道路……女人的面孔是在雾中的,但身影的轮廓清晰,风一样的女人,不走直路,不在主流路线上。她随时可能拐进前方的岔路,探出自己小径分岔的莫名远方,消失又出现,或者转身是另一个神秘女子……

读《月光武士》,在阅读中升起感慨。30年的创作,对于一个作家,意味着什么?《说吧,记忆》就是在这个时候浮现出来的。我从书柜里把泛黄的书找出来,重温纳博科夫的话。如果说,虹影创作的基石,也即叙事的出发点,来自她出生以来所遭遇的伤害、苦难及困扰,来自她昏天暗地的生活记忆,那么,这种记忆究竟发生多少次蜕变,才成就当下的言说?

我读《月光武士》,走进一个少年的青春期故事里。"成长",是虹影小说最重要的元素之一。这一次的成长,是一个少年的形象,那个愣头青小子窦小明,他的成长过程同样充满艰难曲折、迷失与回归。在他身上,既可以看见虹影的影子,也可以看见虹影的梦想。通过窦小明,她再次讲述了记忆中生活的粗鄙、凉薄与悲情,却也书写了一种刻骨铭心的、无法完成的爱情，心灵的热切追求，如梦如幻，义无反顾，至善至爱。因此让小说的底色突破灰暗岁月，很自然地呈现出一种明亮和纯粹，让阅读获得一种怦然心动和飞翔之感。

叛逆、自由、勇敢、好奇、侠气、专情……窦小明这个人物承载着理想和纯真，自带光芒，熠熠闪亮。他的生活背景是烟火气浓重的重庆市民社会。隔着纸页，我都闻得到二十世纪七八十年代"老妈小面馆"的麻辣香气，听得到江边码头汉子们粗野的吆喝。这也是一个重情有义的世界。所有的人，难以分好坏和正邪，他们是凡夫俗子，世俗的欲望与烦恼，不比你、我、他多，或者少。爱中有恨，恨里有爱，纠缠与分离，告别与重逢，剪不断的恩怨情仇，犹如那滔滔不绝的嘉陵江水，抽刀断水水更流。

当"大粉子秦佳惠"出现时，"整个身影罩着一层光，跟做梦似的"，让少年窦小明的"心飞快地跳动"。不是女主角会是谁？我还是不懂"粉子"的确切意思。专门查了一下词语解释："粉子，形容漂亮女性。'粉'就是漂亮的意思。对漂亮女人的赞美依次可以为：粉子、很粉、巨粉。在成都，大凡有点文化的人，把可能成为性对象的女人，都称为'粉子'，算是对女性的一种尊称。""粉子"是川方言。川方言在《月光武士》里并不少见，比如"哈巴""水打棒"，诸如此类，非常醒目。对于我这个在另一种方言中长大的岭南人来讲，这种阅读获得奇妙的陌生化效果。

秦佳惠是一位中日混血儿，她就是少年窦小明心中的女神。她美丽、温柔、神秘,有特殊的感染力;她身上没有虹影早期小说那些女性的凌厉、剑拔弩张,没有如《康乃馨俱乐部》那种深怀大恨绝处反击颠覆反攻的复仇心态。秦佳惠是温婉的、隐忍的、顺从的,甚至低到尘埃的,同样也是情深义重的。因为秦佳惠,《月光武士》有一种柔韧绵美的力量。秦佳惠是小说人物关系的联结点,她的父亲、落难的大学教授秦源、黑社会混混头子、出于报恩所嫁的丈夫钢哥,曾经生活在中国的日本女子、母亲千惠子,粗野泼辣而又顽强的窦小明母亲……这些人物着墨并不太多,却个性传神,留下很多想象的空间。虹影的写作,到了现在,已经张弛有度,不煽情,不文艺腔。爱恨情仇,分寸拿捏得恰到好处。叙事时间跨越几十年的一部作品,故事经历了时代天翻地覆的变化,但叙述节奏把握得很稳。物事、场景和人物关系随着情节一层层展开,读到最后,让人有一种"过尽千帆皆不是,斜晖脉脉水悠悠"的唏嘘怅然,却也可以波澜不惊气定神闲了。

结尾写道:"人只有忘掉旧痛,才可重新开始,但旧痛仍在,噬人骨髓,他将如何重新开始?"这一段是写窦小明的,也是虹影的独白。

无论是救苏滟,还是救秦佳惠,"英雄救美"都只是故事的外壳,是引子。《月光武士》的核心,有关一座城的精神变迁史,一个人的精神成长史。这种精神成长,不仅仅是窦小明的,也是虹影自己的,更是属于经历大时代动荡转折的一代人。所以,这部小说,尽管题材与《饥饿的女儿》《好儿女花》的自传色彩有很明显的不同，但究其内核，却有一脉相传的联系。因其呈现出新的叙事角度和价值取向，以及对前两部自传体小说的呼应与突破，《月光武士》应该是虹影创作的重要节点，甚至可以视之为虹影新的精神自传。

窦小明是具有双重视角的角色。一个是显性的视角，虚构的小说人物、当事者少年窦小明、男性窦小明；另一个是隐性的视角，言说者虹影、目击者虹影、旁观者虹影、女性主义者虹影。

多线叙事和双重视角，使《月光武士》具有一种复调效果和变奏曲般的音乐感。小说人物繁多，内部有着多声部对话，不同人物有各自的立场与表述。欢乐与苦痛，都在对话里或暗藏或显现。也正是这种显隐结合的叙事方式，让我们读到了扎根于虹影心中最有生命的东西，即是她关于世界及复杂人性的解读中那种真实有力的心理现实。这部小说，从个人写到群体，从家庭写到社会，横跨大半个世纪，是最普通的山城重庆百姓在历史滚滚洪流中命运沉浮、悲欢离合的深情记录和歌哭，包含她的痛与爱。这是一种叙述的转向，虹影不再执着于追寻真相与辨认某种界定。甚至，作为叙述者的女性主体、女性视角是隐蔽的，历史与记忆，虚构与想象，基于她当下的情感形态和心理认同，她从而呈现了超越性别的写作方式。

只有回顾虹影的创作历程，才能明了她当下的言说。

童年时代插入胸膛的那根刺，还在那里。拔出来，伤口还在。虹影通过她的写作，一次次晾晒内心的伤痛，那些不堪回首的往事、那些歇斯底里的喊叫，暴力的场面、践踏尊严的羞辱，都让读者产生压抑、揪心的感受。

在心理学精神分析疗法中，有一项"修通"技术。就是通过打破强迫性重复，实现满足现实需要，最终发展出满足自己愿望的能力。而一个人的现实需要一旦得到满足，强迫性重复就会被终止。更进一步，一个人能发展出满足自己愿望的能力，能做自己喜欢的、自己追求的事，愿望达成，他的身心就会放松、自如，内外世界和谐。这就是创伤记忆与心理修通的关系。这个过程，有点类似禅宗的"悟"，而且是渐悟的过程。渐悟就是多重创伤愈合的过程，它是漫长而且曲折的修炼。虹影正是通过她一次次坦率大胆，甚至冒犯的书写，她的私人性故事与公众化表达，她看见了自己，接纳了自己，最终修通自己，活出自己缺少且一直追寻的那一部分。

这个最重要的蜕变契机，是女儿的诞生。"写完自传小说，是和过去的自己真实对视，在有了女儿后，才真正和过去的生活做了和解。"[①]虹影如是说。

成为母亲与书写母亲，是虹影最重要的生命经历。生命因母亲而来，18岁前在山城重庆南岸长大，也因此成为虹影生命的基阶。从《饥饿的女儿》到《好儿女花》，读者与虹影一起经历着边缘女性沉重的生存危机（底层的）、身份危机（私生

---

① 《虹影：不再饥饿的女儿》，《三联生活周刊》，2019年，第41期。

女)、性别危机(受侮辱并损害的女性),以及自我审视、挣扎的艰难过程。这个因创伤记忆造成的巨大心灵黑洞,需要一生的时间去不停填充。那是一种多么巨大的饥饿!虹影曾经谈及心灵的伤痛:"我的内心一直住着一个困兽,我无法倾诉,我无法寻求救赎,我濒临窒息。我想一个女人为什么活着,男人、欲望、金钱和名誉?不,都不是,而是基本的生存中,那最寻常的安宁之乐,父母双全,一家人在一起相守。而现实总不会给我们。"

残缺之痛,被社会压到最低的弱者之痛,边缘性地位饱受偏见与侮辱之痛,被虹影赋予到小说女性命运遭遇中。女性,成为虹影无法回避也不回避的话题,"她是谁?""她从何而来?往何处去?"成为她无法停歇的追问。虹影写了多少部小说,就有多少个处境不同、形象各异、生命既复杂又丰富、或纯粹或妖娆的女性形象。她更多地书写了女性的受难与抗争,比如母亲,比如六六。她们好像萧红笔下的女性,卑微、隐忍、抗命。虹影也写了一些以男性为主角的作品,比如《鹤止步》,还有最新完成的《月光武士》。但是她写男性,是试图以跨性别视角理解男性世界、审察性别关系。是站在"她"的立场发声。

评论家陈晓明曾经在《女性白日梦与历史寓言——虹影的小说叙事》一文中剖析虹影的小说《康乃馨俱乐部:女子有行三部曲》,将其称为"文化幻想小说"。所谓文化是指被漠视的文化冲突、文明冲突等问题,比如关于性与欲、财与权、肤色与信仰这些我们必须面临的现实处境中的危机与矛盾冲突，虹影通过带着芒刺和尖锐棱角的叙事话语，大胆质疑勇敢挑衅。而幻想，则是《康乃馨俱乐部：女子有行三部曲》的三个独立篇章，由一个中国女子贯串起来，在未来时间里，在三个世界著名城市——上海、纽约、布拉格的奇特经历。事实上，《康乃馨俱乐部：女子有行三部曲》从体裁来看，也可以视为科幻文化小说，或者称之未来小说。关于《康乃馨俱乐部：女子有行三部曲》中这位中国女子的名字"蝃蝀"，虹影在自序中诠释，典出《诗经·鄘风》"蝃蝀"篇。从诗中得解，包含这样复杂的意义：女人是水，水汽升发得虹，女人成精；女人是祸，色彩艳丽更是祸。于是"不敢指"，可能有些人"莫敢视"也。这个时期的女主角，是为爱而生，也为爱敢恨的，富有破坏力、反叛力和抗争性。这也是虹影当时写作的内心经验、情感经验。而当第76届威尼斯国际电影节上，娄烨的新片《兰心大剧院》入选主竞赛单元时，作为该电影原著小说《上海之死》作者的虹影，接受采访解读自己创作的女性人物时，她说："我认为原谅、宽容以及自我审判才是文学更强大的力量，这种力量是女儿唤醒了我，只不过转换了一种方式去书写，我依然是一个女战士，在文本中书写女性的反叛。"[①]

《上海之死》是虹影一系列历史虚构小说之一。虹影已经陆续创作了不少历史虚构小说，如《K：英国情人》《阿难：走

---

① 《虹影：不再饥饿的女儿》，《三联生活周刊》，2019年，第41期。

出印度》、上海三部曲(《上海王》《上海之死》《上海花开落》),都是借历史的碎片,抒写奇女子的命运故事及情感关系,其中包含着虹影强烈的女性观和生命观。虹影是一个很会讲故事的作家,但她如果停留在讲故事的层面,她会容易被指认为通俗作家。虹影说过:"关于小说创作,我以为只有一条规则,'好故事,说得妙'。"①这个"妙",包含了创作的各种玄机。一部作品,故事不是作为经验的表达,它还包括了精神的探索,生命意义的呼喊。它包括并呈现了人性的复杂、心灵的复杂,还有灵与肉的冲突、搏斗、交融。所以,真正的小说创作,我们称之为叙事艺术,因为它通过叙事话语所体现的故事,其境界是一般讲故事所不可比拟的。这就是小说的人文价值、审美价值,也是创作的玄机所在。

关于女性的话题,《好儿女花》可以说是一条分界线。在此之前,尤其是《康乃馨俱乐部:女子有行三部曲》(《上海:康乃馨俱乐部》《纽约:逃出纽约》《布拉格:城市的陷落》),在二十世纪九十年代后期,世界女性主义理论登陆中国,各种相关概念、术语为理论界所热烈讨论、广泛使用,虹影的作品被视为最激进、张狂的女权主义文本。她笔下的女性,抗争的方式往往是对抗的、造反的、运动式的,有破坏力的。"女权主义"这个标签,贴在虹影的作品上久矣。不仅是《康乃馨俱乐部:女子有行三部曲》,还有上海三部曲——《上

---

① 虹影公众号,虹影:《我为爱写作》,2020年2月14日。

海王》《上海之死》《上海花开落》,虹影以她的方式演绎并塑造了筱月桂——一个小女孩变成一个黑帮女王的过程,也虚构创造一个女明星同时也是情报人员,如何面对爱恨生死的人生大问题……我认为,中国当代女作家中,没有谁比虹影更熟悉世界女权主义的理论及发生的现实演变,她也曾经很认可这样的标签。

《好儿女花》,是我初读时很震惊的小说。小说中涉及的暗黑而沉重的家族历史、怪诞而挑战人伦禁忌的婚姻生活,极端的、超常规的,都是我的想象力所不逮的世界。我与虹影,是在不同文化传统和家庭环境中长大的两类人。我自以为很了解现实生活中的虹影,但我还是无法判断小说里有多少成分是来自真实的原型真实的生活,有多少是虚构。而且面对这部作品,阅读也是需要勇气的。这部小说的动因,来自母亲的去世和破碎了的婚姻。同时,这部小说的扉页,写明"给我的女儿SYBIL"。虹影站在人生的重要转折点,一道门关上了,另一道门已打开。她追述、追寻半生的母亲走了,她自己成为母亲,女儿SYBIL诞生了。命运的改变,人生轨道的改弦易辙,同时成为虹影重建自我、确认自我的新起点。在《好儿女花》的首页《写在前面》,虹影写了一段话:"我没有想到,也未敢想,有一天我会再写一本关于母亲和自己的书,但我知道,只有写完这书,才不再迷失自己,并找到答案,即使部分答案也好。"

那么,《好儿女花》之后,虹影还是女权主义者吗?

2016年9月在广州的1200书店,虹影与评论家谢有顺、龙扬志和我的一场对话讨论中,"女权主义"是其中一个重要的话题。虹影认为她已经不是一个女权主义者了。谢有顺当时说了这么一段话:"我认为最伟大的女性主义者绝不仅仅是反叛男性,或者对男性勇敢地抗议,我觉得这还不是伟大的女性主义者。最伟大的女性主义者肯定是包含了对男性的爱,其实最终还是希望改变两性对立的关系,而不是说要把男性从女性的世界摘除出去。恨不能改变一个人,也许爱才能改变。"①以此为标准,可以确定,虹影迄今依然是一个女性主义者,而且是当代中国女性作家中最彻底的女性主义者。"女权主义"与"女性主义"均是英文Feminism的不同译法,但我认为"女性主义"更为确切。"女权主义"让我们联想到的是"妇女的权利"(Women's rights),联想到西方曾经轰轰烈烈的女权运动。以此区分,《好儿女花》之前,虹影是女权主义者,《好儿女花》之后,甚至可以说,自始至今,虹影就是一个彻底的女性主义者。这个定义,来自她全部作品最热切的关注,最热情的抒写,是关于女性生命成长的各种可能,关于女人的苦难、忍辱负重、反抗与努力,关于女人的蜕变与重生,关于女人与男人的爱恨、宽容与和解。而她的性别视角、女性主义观念,在创作过程中,是不断演变的。

---

① 花城出版社公众号,《虹影〈康乃馨俱乐部〉与中国女性书写蜕变》,2016年9月14日。

我重读《好儿女花》，再次走进这部争议不休的小说里。外婆与母亲之间的恩怨，成为理解这部小说叙述转向的切入点。从起源处重新审视自己的人生，以母亲为镜，看见自己尚未充分呈现的另一部分人格，给自己整合、重塑、新生的机会，我以为，这是《好儿女花》的书写意义之所在。"外婆的心眼儿诚，她种小桃红，朝夕祝福。母女之间长年存有的芥蒂之坝冲垮，母亲的心彻底向外婆投降。母亲泪水流个不断，悔呀恨呀，可是也没用，外婆不能死里复生……"[1]这是一部多线叙事的作品。除了母亲去世这条引线，还有婚姻崩溃这条线，还有"我"与兄弟姐妹之间的亲情关系这条线……每条线既清晰又相交叉纠缠，是一团越扯越紧的人间乱麻。更重要的是，在这貌似纪实、裸露、传记体的显性叙述中，却有一种小说氛围被精心营造出来，把读者引进内在隐秘、紧张、险象环生的中心。越过了相互关联的人与事，穿过整个关系蛛网，我看见虹影在描叙"小姐姐"的小唐，又换一套笔墨在讲述"我"的丈夫。然后"小唐"与"丈夫"合二为一，那些伤害、屈辱、压抑、恐惧、危机感……与对母亲的追述交织在一起，五味杂陈，伤痕累累。"我"和母亲作为典型的女性边缘人物，一生贯串着被嫌弃、被嘲笑、被误读、被羞辱的命运，但也以不同的方式相似的勇敢顽强，忍受着来自世界的恶意，经历跨越创伤、自我疗愈、忏悔、和解、包容并重建的艰难过程。

---

[1] 虹影：《好儿女花》，江苏人民出版社：2009年9月版，第25页。

而对于这部小说中"我"与小唐、小姐姐的三人行关系，我曾经目瞪口呆，找不到如何评述的词。但这次重读，我清楚地看见虹影笔下一个PUA（Pick-up Artist）高手形象。"丈夫"形象可作如是观。我不知道虹影在写《好儿女花》时是否意识到这一点，但至少，她大概知道心理学中的"煤气灯效应"，即认知否定，一种通过"扭曲"受害者眼中的真实，而进行的心理操控和精神洗脑。创作《好儿女花》时的虹影，以强烈的女性身体意识和直觉在书写创伤，小说中大量的短句子，那种紧迫节奏，像是沉重的喘气，给人一种窒息感。压抑的痛苦、深藏的悲伤和耻辱感，构成文本的隐性层面。其基底，有心碎、怨怒、依恋与矛盾的爱。虹影带着武器和盔甲。也就是说，她一手握矛，一手持盾，她的攻击与防护都是有爆发力的。《好儿女花》的开头写着："温柔而暴烈，是女子远行之必要。"这可作为解读这部小说所有扭结不清的情感及复杂人性表现的钥匙。母亲葬礼结束不久，女儿诞生了，新的生命开启了新的未来，意味着各种可能。外婆—母亲—我—女儿，虹影循序抒写了女人的命运、身份蜕变与重生。它既意味着生命的轮回，同时构成一个极有张力的生命之环。无私的母爱，是其中触及灵魂的救赎力量。

而关于母亲的叙事，从《饥饿的女儿》开始，就执拗地贯串在虹影大多数的小说中，这是她难以释怀的心结。这部为虹影带来极大创作声誉的自传体小说，同时也是饱受争议和误读的作品。因为身世之谜及身份危机所带来的困扰，虹影闯进兵荒马乱之年母亲的爱情与婚姻历史之中。"我是谁?""生命从何而来?""什么是爱?""母爱是什么?"这些看似终极追问的困惑,在敞开裸露的家族历史追寻中,一步步逼近真相,难以直面。这让一个18岁少女的情感变得复杂、矛盾而纠结,几近崩溃。而它所引发的争议,恰恰是这种言说的方式触及当时作为叙事禁区的身体伦理与情感越轨。今天重新读《饥饿的女儿》,会发现,这种看起来极其胆大妄为的叙述,其实是老实坦白的手法。迫不及待地直白倾诉,甚至滔滔不绝,让虹影顾不上修饰、隐匿、曲笔、善巧。正如汉学家葛浩文的评价:"许多此类书,我看有个共同点,就是想要宽恕自身劣行,或呼喊受冤,或自我标榜,或有意卖弄……《饥饿的女儿》贯串的特点是坦率诚挚,不隐不瞒,它就是为什么连续三天时间我一直在读这本相当长的书稿。"①

  写女性的命运道路,写两性关系,脱离不了性爱描写。而性描写,也是虹影小说被议论纷纷的一个方面。但不得不承认,虹影是描写情色的高手。性爱几乎是她小说的贯串性旋律,1999年写成的长篇小说《K:英国情人》,是其性爱主题的登峰造极。也因其惊世骇俗、颠覆传统引发更激烈的争论,甚至惹来官司。这部小说的内容,通过东方知识女性闵与西方登徒子、青年教授裘利安的性爱传奇,将女性的主动性、自主性、自由精神写得淋漓尽致,无法无天。这显然是对男性中心

---

① 葛浩文:《〈饥饿的女儿〉——一个使人难以安枕的故事》,《饥饿的女儿》,知识出版社:2003年,第234页。

主义的挑战。中国没有哪一个女作家敢如此写，也没有哪一个男作家会这样写。而最新完成的《月光武士》，荷尔蒙气息和肾上腺素同样弥漫纸页之间，写得血脉偾张。细节，非常考验创作功力，它是小说坚实而永恒的支点。正是通过细腻而奇妙的性爱细节，画面感极强、激情洋溢、狂野浪漫，使虹影小说中的性爱描写场面，被关注，也被读者津津乐道、褒贬不一。虹影写性，不是欲望化叙事，也不在于猎艳、宣泄。"性"是其风月宝鉴，以此照见人性与人心，照见性别文化的历史与演变。也是从写"性"的态度上，虹影小说显示出极大的文化张力：性别文化、中西文化、传统与现代的文化碰撞……

好小说除了好故事，还应该在其话语方式中包括作家对世界、对生命、对生存的看法和态度，以及价值取向。创作技巧是融入作家的洞察力、评判力和思想观念的。

很难说虹影的话语方式是传统写实还是后现代颠覆，是女性主义还是新历史主义，是海外流散文学还是乡土文学。似乎都包含了，界限不清。更准确地说，她的创作，从形式到内容，往往是跨界的。

创作达到成熟的阶段，跨界是自然而然的，体裁只是借来表述的工具。就好比武林高手，不按套路不拘拳法，该出手时就出手。萨尔曼·拉什迪给儿子写过《哈龙和故事海》，智利女作家、《幽灵之家》的作者伊莎贝尔·阿连德给自己的孩子写过少年探险奇幻三部曲《怪兽之城》《金龙王国》《矮人森林》，英国大作家吉普林写过《丛林里的故事》。而成为母亲的虹影,是否也会为她的孩子写书呢?

虹影果然写了《神奇少女米米朵拉系列》《神奇少年桑桑系列》九本小说。《米米朵拉》讲述了10岁主人公米米朵拉怎样在"丢失母亲"之后走遍世界的寻母冒险记,是一次对童话、神话、奇幻、民间故事等多体裁的混搭,讲未来世界人类会面对的种种困惑和危险。这是她对女儿爱的启迪与教育,她自己也在成长。成长是生命不断变化,从一种境遇走向另一种境遇的过程。小说所要表达的,正是这种变化着的生命哲学。她从对女性欲望叙事、两性关系探寻,到对母爱、友谊、亲情等普遍人性光辉的呈现,把自己生命中寻找到的重要意义表达出来。而这个核心,是关于女性身份与生命道路,关于女性命运的各种可能性,关于女性心灵的深刻体验。在这个意义上,虹影是真正的、彻底的女性主义者。

《好儿女花》之后,虹影关于性别关系及女性的生命观,有明显的转变。如果之前的女性形象面对男权中心世界的方式是呈现创伤、控诉呐喊、对峙复仇的,在《罗马》《月光武士》中,她赋予女性人物更鲜明的现代性,独立、自主、圆融洒脱。比如《罗马》里的燕燕和露露,以及《月光武士》里的苏湉,还有秦佳惠最后的人生抉择……她更多强调女性的自我意识、自我觉醒,女性必须成为一个吹笛者,才能得到拯救。

转变的力量来自虹影心灵上生长起来的爱。小说虽是虚构,但它的情感、表现出来的生命情状都是真实的,活生生的。所以说，小说也可以视为作家的个人史、心灵史。虹影的小说人物，总在反复提出这样的问题并试图去解答：什么是爱？什么是生命？你是谁？我是谁？什么是现实？什么是幻象？

神秘的幻象也是虹影小说中无法忽略的写作元素。她以此呈现另一类生命景象、另一种声音的存在。她看见不同的能量。《月光武士》中总在江边赤裸出没、不断被性诱怀孕的黑姑，她面貌丑陋、疯癫狂野，却也叛逆强悍、肆无忌惮。这个角色，在《饥饿的女儿》中曾以花痴的面目出现。无论是黑姑还是花痴，这个形象都给作品带来怪异的气氛，有一种冲击力。我设想，这个疯疯癫癫的女人是虹影的童年记忆之一，她的叛逆强悍是虹影在屈辱无助的年代内心渴望拥有的力量。如今她既是窦小明的性启蒙角色（有点类似《红楼梦》里贾宝玉梦遇秦可卿），也充当了秦佳惠形象的反衬，以一种非常态的出场，释放出被压抑的最原始的生命能量，挑衅强权的男性世界。这是虹影一以贯之的女性主义立场。

而出现在《月光武士》中的另一个神秘人物是黑衣黑帽的宾爷。来无影去无踪，神出鬼没，似在非在，似人非人，却牵着会算命的神鹅，"会算命，代写信"。他出没于窦小明走投无路之时，犹如路标或先知。宾爷与其说是一个人物，不如说是一个作者设置的隐喻性符号。宾爷让人想起写于1996年的《饥饿的女儿》中那个在"我"走过的路上若隐若现、一闪而过的神秘男子。究竟意味着什么？这是一个困扰"我"的问题，也意味着前方有未知的各种可能，让"我"好奇，也让读者好奇。他仿佛是灵魂的秘密，而"我"的身世之谜已揭开，这个秘密却没有答案。20多年后，《月光武士》里的宾爷与之呼应，宾爷特立独行，走过混乱嘈杂的俗世，走过方向不明的暗夜，他是魂，是秘响，是叫醒的力量，他照见尚不为人知的精神内面。

这就是虹影的无界书写，也是她创作的N面。也借用《诗经》的诗句"女子善怀，亦各有行"，典出《诗经·鄘风》"载驰"篇。这里的"女子"是诗中咏叹的远嫁许国的卫国女子许穆夫人。所谓"女子善怀，亦各有行"，指的是许穆夫人要回卫国吊唁卫侯失国，却遭许穆公等人阻拦，夫人被迫折回，路上抒发自己的不满情绪。身为女子，虽多愁善感，但亦有她的做人准则……这大概是中国最早的女权思想表达了，许穆夫人道出了多少善怀女子的共同心声。虹影的叙事风格，已经发生很大的变化，在《月光武士》中，我读到平静淡定与开阔，她的写作进入一种新的境界。而且她的跨界写作已经很自如，不仅是历史与虚构融为一体，私人话语与公共表达也熔为一炉。诗意和散文化，也作为动人的抒情碎片镶嵌其中。而最根本的内核，悲伤之中对生命微光与暖意的珍惜，绝望中的信心与心怀希望，越来越彰显。

归去来兮，永远的长江水。从18岁知道"私生女"身世出走山城，到走遍世界之后，认定自己的灵感源泉依然在长江两岸。重庆，成为虹影写作的原点，流动的长江上游至中下游（武汉、上海），成为她最根本的文学地理。每个人心中，都有回不去的欢愉或伤痛的过去，生命一直在流动中变化。说吧，记忆。重新发现，重新看待，重新获得新的视角与领悟，这是精神与心灵的转世重生。这个过程充满内在的艰难，却意味着脱胎换骨，意味着无限想象的各种可能。

2021年5月26日

修订本说明

　　这本书,是全世界唯一一部写三峡的小说。

　　这不奇怪,怪的是这是全中国唯一一部写三峡的小说。

　　我的小说中,有三部与我自己的生活密切相关,自传体《饥饿的女儿》和《好儿女花》,以及这部《前世今生:孔雀的叫喊》——我是长江的女儿。

　　我的每本书,在媒体和网上都被奇谈怪论攻击得体无完肤。这部小说,让人过于吃惊,至今无人置一词。世界万物都一否了之的时髦病,在此书前却步。

　　这是我喜爱的书,每一次我回到长江边,顺着主人公沿长江寻访的方向看去,我都会问,我是否找着了自己。那暴雨夜在船上出生的女孩儿,她为什么不哭喊?这个世界不是为她准备的。

　　好些年,我都在找适当的形式讲这故事。读到元曲中的《度柳翠》,我突然明白了这就是装载新酒的旧瓶。只是把故事读完后,瓶子依然有幻影:长江里已经消失的桃花鱼,游动在想象的世界里。

在无边的喧闹躁动中,请你静一下心,听孔雀的恐惧叫喊。美过于脆弱,一旦损毁,永远不再。

前世今生：孔雀的叫喊

1

要想象这种事很难，要想象会亲自经历这种事更难。但是一个女人与一个男人一起被扔进牢房里，尤其是与一个陌生男人捆铐在一起，她要面对的，就不仅是她自己的种种冤屈恼怒。

门轰然关上后，牢房里一片漆黑，什么都看不见。地上和墙上，摸上去全是滑溜溜的青苔，空气混浊，有股奇怪的味道：一股淡淡的血腥，混合着浓烈的尿臊。

她撑着手臂，想抬起身来，却一下子牵住了另一个人，两个人又倒在一起。这是相当窘迫的事，那个男人尽可能与她保持一个有礼貌的距离，但是两个人越要避免接触，就越容易撞到一起。每次碰撞都使他们更窘迫——他们谁都不愿坐实让他们恐惧的罪名。

她尽量不拉动捆着的那只手，往后挪身子，摸到屋角发凉的草席,下面垫了不少湿湿的谷草,草席边沿破烂,不知有多少囚犯曾经在这里坐等他们的命运。

她心里开始慌乱——想到先前这些人的出路,她明白自己落入了无法单独处理的困境。她很想用手握住这个意外地与她共命运的人,与他说话,问问他所有这些使她困惑的事情。但是门上的小窗后面,看守会随时喝断他们。

她能感觉到这个男人呼吸均匀,心跳正常,这使她也安静下来。他们两个人在一起,就像符咒的两半,因为世界无理可喻,被合在一起,才知道缘由原来只有一个。

她到这里来,竟然落到被逮捕的境地。但是,如果她知道这几天的纠葛,会牵进几辈子都弄不清的事,她绝对不会懊悔穿过三峡的这一趟旅程。

毕竟,有谁能抵达出生前的世界呢?她只见到急湍的江水,模糊了所有山崖的倒影。

2

没想到,气垫船这么快就到良县了,才几个小时。

又一艘豪华游轮往下驶,看来刚离开良县码头。她贴近玻璃看这个昨天才听说的地方。

这地方是一个不大不小的城市,与三峡一带所有的市镇一样,截然分成两层。山上、墙上到处都画着海拔175米水位线——这标签之上,是油彩瓷砖粉蓝淡绿玻璃幕墙、明晃晃的新楼新城;标签以下,漫长一片灰黑,则是乱堆杂砌的陈旧不堪的老城。

这个模样古怪的双层城市,像一个奇特的蛋糕,尽管蛋糕早就发霉了,上面却新加了各种颜色的厚厚的奶油。

柳璀正在看时,灰扑扑的码头越靠越近。随着发动机熄火,气垫船喷起的巨大浪花很快平息下来。走出船舱,她才看清楚这个城市的自然地形,与其他江城有点儿不同:旧城在一个红砂碛石滩之上,平坦而缓缓地铺展开来。老街背后横亘着绵延几十里的山梁,新城全部建在山坡上,沿山而筑。从江上看,华厦迭起,壮观得令人眼睛一亮。春日和煦的阳光,照在上城,明灿耀眼;照在下城,却似乎被吸收了,那一片起伏的灰色,更加不成形状。

水库储水之日,人们一夜醒来,世界将面目一新。不够新的一切,都将淹没在荡涤一切的浩瀚江水之下。

她有点儿疑惑,母亲四十多年前来良县,看到的难道就是这下一半?这些肮脏的灰黑建筑,是否曾有过好看一点儿的日子?有一点,她可以肯定:当年母亲看到这道山梁,心情当然比她现在好得多。

昨天这时候,柳璀还在北京她的实验室里。

上班时间谁都不接电话,可办公室的女孩儿特地跑进来喊她,说是急事。她无可奈何地放下手中的玻璃片，推开两道门就到了办公室。

"啊，柳教授！"电话里一个女子的声音，自称是平湖开发公司办公室的秘书，叫个什么名字，然后说，"李总让我一定要找到你，他有件礼物要带给你。"

柳璀皱了皱眉头，这未免太奇怪，丈夫李路生至少隔天就会打电话来，从没托人带东西，前天通电话也没有提起过。他在晚上或周末白天打到家里，很少打到实验室来，干扰她工作，这次怎么让人打到实验室来？

"什么礼物？"柳璀尽量克制自己，简短地问。

"我不可能知道。"这个女子声音很年轻，稍微有点儿撒娇的味道，"我来水电部出差，今天中午刚到。李总让我亲手把东西交给你，今天！"

柳璀更觉得奇怪了，丈夫到底怎么啦？结婚十九年了，很少有这么浪漫的事。"为什么要亲手交给我？"

柳璀回国后，就在科学院遗传学所，没去过设在坝区总部的开发公司，虽然丈夫一直想她去探亲。他经常到北京开会，几乎每月要来两次，在北京的时间与在坝区的时间一样多。丈夫在北京也忙，很少能待在家里，在坝区恐怕更忙，她觉得没有必要丢下工作南下。

"李总指示，亲手交给你。"对方听出柳璀没有心情跟她说话，语气也僵硬起来，"请你理解，我不是有意打扰你。"

柳璀也觉得自己有点儿反应过分了，她大可不必为此种小事伤脑筋。灵机一动，就把母亲的电话告诉对方，让对方打个电话给她母亲，把东西亲手交去，她一有空就去取。

对方只好同意了，不过声音里有一点儿生气。

柳璀放下电话，才注意到窗口有点儿异样。外面蒙着灰垢，以前可看到树的绿色，现在像一些脏的旧抹布。实验室必须一尘不染，全封闭空调恒温，才符合基因实验标准。这是怎么一回事？办公室的窗居然有一点儿缝，在往里泻浅黄色的微粒。她好奇地用手指抹了一下，很细的尘沙。她回过头来，发现办公人员各自忙着翻文件或打电脑，没有人在看她。只有刚才来叫她的女孩儿，抬头看到她满脸疑惑，说了三个字："扬沙天。"

"我知道，我是老北京了。"柳璀说，"不过这已经到五月末了，而且今年不是已经来过三次沙尘暴？"

办公室坐着看来忙碌的人，轰地一下把手头的事放下说开了。看来首都越来越严重的沙灾，是她进来之前他们在轰轰烈烈谈论的题目。只因为她在，不便再谈下去。有的人说应该怪内蒙古开垦草场过多，有的人说责任在过度放牧，有的人说原因是中草药沙棘草收购太多。

柳璀对这个题目，远远没有对自己手中的实验感兴趣，她便回到实验室去。

下班走出研究所时,她与其他女同事一样只能用纱巾把整张脸蒙起来。纱巾是花的,走出来的脸都怪异如化装舞会。她已经习惯了沙尘暴,但站在研究所门口的石阶上,街上的场面还是让她吃了一惊。

整个城市涂上了一层土黄色,空气中有股浓浓的土腥味,能见度只有百来米,层层叠叠的高楼大厦一个个消失在灰雾中。连树都被压低,长枝条随风抽打路沿,所有的车都只得打开远光灯,缓慢行驶。行人偶然冒出有如鬼魂,个个蓬头垢面,侧身走在漫天风沙中。下落的夕阳有点儿像晨月,却是一块蔫蔫的暗黄。

她想起下午办公室那些人的争论,才意识到尘沙不会只瞄准北京,每次沙尘暴从北向南横扫中国,这个国家的一大半,都处于古人日食时才会有的奇境。

柳璀觉得衣服有缝的地方全在进沙,好像身体也进了沙,笨重了。旁边有男人大概感冒了,只能用嘴呼吸,弄得一嘴是沙,正在使劲地往地上吐。

下班时柳璀接到母亲的电话留言,说无论如何都得去她那里一趟。

这么个沙尘天,母亲未免把李路生莫名其妙的礼物看得太重。

改天再说吧,气温明显下降,她还是想回自己的家。

终于拦到一辆出租车,要价比平日高一倍。这时柳璀已经顾不得,当出租车潜水艇似的驶进沙海,她心里计算了一下:如果每平方米有一公斤南移沙子,那么全国运输能力全部拿出来,都不够把这些抛掷过来的垃圾搬回去。

司机问:"去哪里?"

柳璀刚想说家的地址,结果却说去颐和园后街,她决定还是去看母亲。

3

柳璀已记不得什么时候按母亲的劝导行事,从小就没有听过,这次不知为何听从了。

昨天晚上,就是昨天晚上,母亲说的事又急又密。说了好多好多,再三掉转话题:要她这次南下时,尽量抽出空,到那个叫作良县的地方去一趟!母亲说:"毕竟那是你出生的地方。"

良县是柳璀的出生地,她竟然第一次知道。以前她填籍贯:河南安阳——父亲的老家。1980年出国留学,就开始只填出生地:四川重庆。现在才知道,她其实出生在从良县到重庆的船上。昨天晚上,母亲才告诉她,她来到这个世界的那一刻,那艘船还没有驶出良县的地界。

父亲死得很早，死在"文革"中。那时，柳璀还是一个少女。柳璀挤上一列载满红卫兵的火车从成都到北京后，很快摆脱了四川话，生活在北京部队大院扎堆儿的干部子弟中。她不太像个女孩子。柳璀总觉得母亲怀着她时，吃了什么不洁之物，不然无法解释：柳璀一点儿不像是南方明媚山水中长大的女子。

柳璀曾这么问母亲。母亲不高兴地说："在怀孕时吃了'不洁之物'？亏你想得出来！"

当她站在良县的土地上，想起母亲以前说这话时的惊异表情，不由得一笑：这个地方真说不上洁净。

4

母亲的住处，在颐和园北侧。她不肯住城里，说那儿俗尘市嚣，心里闹腾得慌。父亲平反后，她从成都调到北京，离休前在市出版局，是好几个副局长之一，现在又被一个出版社全薪返聘，帮着审阅此社的小说稿。

昨晚出租车载着柳璀，进入有军队士兵站岗的一个小区大门。小区环境也不错，有花园草坪，更多的是立着的常绿的松树。

七八幢房子，都只有六层，每层两户，独立电梯。柳璀乘电梯到四层，人一出电梯，过道的灯就自动亮了。她按门铃。母亲应了声,却过了好一会儿才来开门,一见柳璀就赶忙说:"掸干净,掸干净!掸干净再进来。"母亲一身舒适的家居装,脚下一双软底拖鞋。

柳璀笑笑,她知道母亲有洁癖,家里的地板都是清洁工跪在地上用布擦净的。自父亲去世后,随着年岁大了,母亲的这一毛病更日甚一日。

可是母亲没有和全体北京人一起咒骂尘沙,她只是赶快给女儿从柜子里拿出拖鞋。母亲脸上皱纹不多,肯花时间保养。柳璀经常觉得自己不像女儿,倒像个妹妹,一个远不如姐姐出众的妹妹。不过母女俩都是将近一米七的高个,身材差不多。

柳璀干脆把外衣脱下,挂到门后的衣架上。

三室两厅带阳台的屋里很宽敞,打蜡拼木上是明式家具。墙上挂着母亲收藏的国内新派画家的小幅油画。

风沙并未减轻,呼呼地在玻璃窗外狂叫。母亲走入卧室,把大彩电碟盘正在放着的什么关掉。柳璀去卫生间洗了个澡。浴室地上有一个盛水的瓷盆,上面飘着几瓣月季花,真有一股爽人的香味。

柳璀坐在沙发上,抹了点护肤霜。注意到茶几上的兰花,独一枝开出九朵粉绿如蝴蝶状的花。她禁不住赞叹道:"真漂亮!"

母亲沏了两杯云南茶"兰贵人",用日式托盘端来,放在茶几上。又放了一碟杏仁加干鱼片,接过柳璀的话说:"长江里还有一种桃花鱼。"

"桃花鱼?"

"没见过吧?"母亲说那时江水碧绿透彻,水里浮游着通体透明的桃花鱼。可能是从山涧的溪河里漂入长江,成群结队,各种颜色都有:玉白、乳黄、粉红,与远山上的桃花树相互辉映。

"怕是一种淡水水母吧,"柳璀想了一下,试探地说,"恐怕不是鱼。"

"反正我见过。"母亲得意地说。

"你怎么不告诉我,有过这么好的眼福?"

"你对我的经历从来不感兴趣,我们什么时候有这么一个晚上说说话呢?你是大忙人。"

母亲拧开了仿古台灯,从书架上拿出一个包装好的礼品盒,递给柳璀。

柳璀撕开明显是店里购买时就包装好的金纸,露出一只黑亮的漆匣,匣子上面镶嵌着精致的中国山水。她打开来,里面是一瓶法国香水,垫有蓝丝绒,Yves Saint-Laurent 的名牌"鸦片"。

柳璀这才想起来,是她把一个带礼物的人打发到母亲这里。她取出香水,左瞧右瞧,拧开香水盖,喷了几滴在手背,闻了一下,又伸手让母亲闻。

"这是什么意思?路生送香水给我?这有点儿不像他,还特地找个秘书送来。"柳璀故意不说"女秘书",她不想谈虎色变。

母亲脸上却没有笑容,反问柳璀:"你是真傻还是假傻?"

如果其中真绕什么弯子的话，母亲比她灵得多，对这种事心细如发。她看着母亲把包装纸捏成一团，放进角落的黑漆竹篓里。这瓶鸦片香水，应当带点什么样的转弯抹角的逻辑，她弄不清。

"那秘书长得不错，挺会打扮的，发式、衣服都很新潮，说是你没有时间，让她找我。既然你如此重托，我就让她来这儿了。"母亲鄙夷地笑了笑，"但当然不是她。不是说你丈夫对女人品味如何高雅。如果是她，就不会来见我了。"

"你直觉告诉你，必定另有人？"柳璀大大方方地点穿，她不想被母亲吓倒。

母亲喝了一口茶，说："恐怕是的。"她停了停，看柳璀脸上毫无反应，才继续说下去，"但是路生还没有决定如何做，或者说，他还不清楚是否应当保持你们的婚姻。"

"那么这个礼物是个警告？"

"我想他是给你提个醒：你是否还是个女人？"

柳璀强笑一下："这恐怕是你心里的问题吧？"

"你从前是个假小子，现在也一点儿不像女人。"母亲叹口气，"我早就不愿意跟你谈这事。不过路生多少次让你去，你就是不去，不能说他问得没有道理。"

"不是我有意不去，真是工作走不开。他有的是来北京的机会。"她有点儿不高兴。

"那么，你了解他的工作吗，关心他做的事吗？"母亲问。

"你说三峡工程？"柳璀说，"我看过一些论辩文字。技术方面的事，我没把握，什么发电问题，防洪问题，等等。但是争论的基本点——人应当不应当改造自然——这点，我觉得反对者幼稚了。人一直改变自然，过去一直在改，今后还会改，这也是我的本行。"

"你还是了解他的工作的。你们应当是好好的一对。有什么别扭可闹？好好聚聚，好好谈谈。"母亲眼神飘到缸里汩汩冒泡的金鱼，两条狮子头鱼鱼尾斑斓。

柳璀沉思了一阵，不太情愿地说："恐怕是有一点儿变化，两人都互相搭不上话头了。自从他当了那个总经理之后，我也无心听他的事，他也无心听我的事。"

母亲突然抬起头来，严肃地看着她："你不会是对男人不感兴趣吧？"

这话应该柳璀说。自父亲不在世后，母亲一直寡居。有一次她看见母亲的神情很孤寂，觉得母亲应该再嫁个人，不过这种事不用她劝。反正父亲是抗战老干部，寡妇的福利照顾得好好的。

柳璀把话扔回去："你以前不是一直警告我对男人防着点，别太迁就？"

"结婚前别太迁就，"母亲耐心地说，"结婚后就得迁就。你应当明白，现在有的男人，权力是他们的壮阳药。"说完她笑起来。

柳璀受不了这样的尖锐，两人话越来越不投机。她把手里的茶杯放下，站起来："妈，你还有什么话要说？不然，我得回家了。"

母亲止住笑，没有像以往那样计较，反而拉住她的手，非常恳切地说："小璀，连个玩笑都听不得？你留下来。这么大风沙你回去干什么？今夜你觉得太累就自己睡，最好陪我睡，我俩很久没有好好说说话了。我想劝你到南方去一次，这事得由你自己定。不过我留你，还有另一个原因。你安心住下，听我说一些有关你的往事，早就该告诉你的，一直没有机会。"

她不再问柳璀是否同意，站起来，走到厨房去关照什么。然后回过身来说："新来的小阿姨手艺不错，我已经让她准备晚餐，好好做几个菜，我怕你一直没好好吃饭。这个风沙天，帮我留了贵客。"

5

母亲的敏感总是如此：开始令人不快，最后证明大有道理。一大早，柳璀就醒了，直接回家收拾了几样衣物，拨了三个电话：一个订票，一个给研究所告假，一个告诉李路生，就直接拉着小旅行箱上机场。

刮了一天一夜的风沙停了，整个世界阳光普照。飞机很顺利，正点到宜昌。机场外已有一辆雪亮的黑色奥迪轿车等着她，但是不见李路生。来机场接她的是公司的办公室阚主任。说是李路生刚好赶到北京去，有个紧急会议，临时非去不可。无法电话通知，因为夫人的飞机也正在北京起飞。

他们恰好在空中错开，或许她朝窗外看，可看到李路生公司的小喷气机从空中飞过。

主任说他把李总送走时，李总就让他留在机场准备接夫人，代为致歉。

这主任看上去最多三十过一点，做事周到，说话清晰，给人一副干练的样子。个儿虽有些矮，但是皮肤光润，一身银灰色西服笔挺；戴副无框眼镜，样子活像个香港金融界敬业的门市经理。

从宜昌机场到大坝，高速公路的两旁绿树浓荫，不像是这几年刚栽的。柳璀刚想问，主任就说："选了速生树种，三年就成荫了。"

到了大坝工程区，公路两旁竟然是樱花满枝，一片灿烂，连地上也一路缤纷，落下厚厚一层花瓣。阚主任一边指点，一边介绍："李总一开始就坚持先做旅游的景点：先建花园工地，才成绿色工程。当时我们还不理解，以为是花架子。李总当时为建路绿化的先期投资，在总部里争论很激烈，一直争到中央去。现在证明他完全正确！"

"是吗？"柳璀还不知道李路生弄出这样的争论。他从没对她讲过,看来他不是很想对她说。

主任感叹说:"高瞻远瞩!高瞻远瞩啊!"他告诉柳璀,现在库区每年接待几百万游客,大部分都到建坝工地参观,旅游业收入还是小事,工程形象,工地气氛,大不一样。早晚要做环境,像以前那样搭草席工棚上马,等完工再美化,就走错了棋。在后现代社会,形象就是实质,李总比任何人都先看到这一着。

汽车在江北就看到远远耸立的总部大楼和二十五层的宾馆。从特地修建的公路桥上快速驶过,他们来到坝区的五星级宾馆。柳璀还来不及看,这个主任的赞美就灌了她一耳朵,那个词"后现代",差点儿把她逗笑起来。

阚主任把柳璀一直送到宾馆顶层房间。打开房间,他边提柳璀的行李边说:"隔壁是总统套间,不好开,李总让我请夫人原谅。"

这话不值得回答。这个套间已经是太好了,就算是外交部长套间吧。起坐间有两张三人座的沙发,一张长几靠墙,落地台灯、壁灯和柜子都精致典雅,里屋有一张桌子横在大床与窗之间,所有的桌椅都是超现代样式,几乎是香港头等旅馆的式样。茶几上还有一盘新鲜水果。墙几乎空白,只有床挡头上挂着一幅巫山神女峰的黑白摄影。

拉开落地窗帘,柳璀惊讶得久久无言:横断整个大江的大坝工地出现在眼前！施工机械在切割山岭，载重卡车在坝顶上来回行驶，工地上除了刺眼的电焊光，几乎看不到人的活动。有一幅醒目的标语挂在永久船闸六闸首："看昨天为落后，视精品为合格。"整个工作安排得像一个棋盘，浩瀚的长江在这宽阔的江面被拦住三分之二。

主任看到她这么着迷，也走到窗前。他骄傲地说："报上都说这是人类历史上最大的工程。可是李总不让这么说，说这种话没有根据。而且不久又会有新工程上马，那时吹牛会成为笑话。"

柳璀回过身来，这人对李路生充满崇拜的口吻，不像是装的。不过她也没有想到李路生有这种心机，还会处理宣传口径之类的事。在美国学了工程规划管理的人，管这种事未免学非所用。

主任没有注意到柳璀的表情，继续他滔滔不绝的赞美。

他说李总强调库区的每个地方、每个峡岸，都标明首期淹没海拔145米水位线，以及最后淹没的海拔175米水位线。当时许多人反对，说这是给"反三峡派"提供炮弹，看着三峡美景有多少会消失。李总说，不标反而让人更加疑心重重。现在这两排标记，也成为川江一景！都说三峡决策透明，令人尊敬并且放心。

柳璀正想止住他的滔滔赞词，问他要一张当地地图，房间里的电话铃响了。

"对不起，肯定是找我的。"主任走到靠墙的桌子前，拿起电话，脸上笑容就没了。他轻声对着话筒说："不行。"他脸无表情,听了一会儿,只是说,"绝对不行。"就把电话筒放下了。他拿出手机,拉开房门到过道上,又关上房门。

房内的电话又响了,柳璀只好自己去接。是一个女人的声音:"阚主任——"那个女人说,声音很平和,一听就是个有主意的女人,说的话却让柳璀吓了一跳,"你忠心耿耿,像一条狗,这是优秀品质。但是我要找人说话,我有这自由,你不可能永远拦住我。"

柳璀立刻明白了这是怎么一回事,虽然母亲已经给她做了充分的精神准备,还是心狂跳起来。她脸色苍白,这个侮辱不是冲着她而来,可是对方骂人都用平静的调子,使她觉得自己也大可不必降低身份吵架:

"你稍等,"她说,"我让小阚来接电话。"

对方一愣,但立即恢复了镇静:"你就是李总夫人柳璀女士吧。"不等她回答,对方继续说,"我能和你谈几句话吗?"

柳璀不得不与对方比镇静。"我想你想说的事,与我绝对无任何关系。"她轻松地说,"你还是找有关人谈。"这时,她看见阚主任紧张地推门进来,便对着话筒故意提高了声音,有意让每个人听见:"不用再找我,我有事得马上离开此地!"

阚主任本想接过电话。但已来不及,柳璀话一说完,就放下电话。阚主任伸出的手停在半空中。

柳璀压住自己的怒火,冷冷地说:"既然李总不在,我不必留在这里。"

阚主任说:"夫人刚到就要离开?能告诉我去哪里?"他连连推了两下眼镜,声音打战,如有鱼刺卡在喉咙,"请告诉我你去哪里,好吗?"

专门给李路生办这种臭勾当的狗管家!柳瑾心里骂了一句,拿起她尚未打开的手提拖包,加快步子朝门外走。一边甩话给他:"当然没有必要告诉你。"

在电梯口,那主任追了上来,脸都白了。看来他闯了大祸,关照他千万不能出的漏子,偏偏一开始就发生了:"夫人,能让我安排车送你吗?"

他手伸过来拿拖包,被柳瑾粗鲁地一把推开:"行了,下文与你无关。我自己的事,不必劳驾你送!"

电梯门打开时,她走进去,按键时她用眼神严厉地看着阚主任,他正想往电梯里走,被唬住了,停了脚步。

电梯徐徐下降,里面只有柳瑾一人。在这么个六面封起来的盒子里,柳瑾的怒气在心里堆积的压力越来越高。她不能想象丈夫能做出这么不要脸的事。这个女人既然到了死皮赖脸直接给她打电话的程度。丈夫的背叛给了她一个耳光:他既然能与这个女人,也可能——非常可能在以前也背叛过她!也许,他们的美满婚姻从头到尾都是一场假戏!

她才不会与什么女人抢男人,她不会如此看不起自己。虽然从未经历过这样的事,但她意识到,首先得捍卫的是自己的尊严,不然,她也就不再是她自己了。

6

于是她到了良县。

柳璀顺石梯而上。码头上工人在卸货,尘土飞扬。而且到处乱堆垃圾,马路边、滩岸上,甚至一些低矮的房屋顶上全是垃圾,臭味在太阳下蒸腾。整个城市的垃圾似乎多少年一直无人搬运,堆在这儿发酵,或许是在等江水漫上来时进入水库?

实际上长江里漂浮的塑料品、垫箱泡沫块,甚至烂床垫,连旋涡都无法吸沉下去。柳璀想象水库存水后,无数浮起来的塑料泡沫块漂流多少个月也没法冲入大海。李路生弄的"花园施工"名堂!先管管这些臭烘烘的垃圾吧!

石梯顶端两边都撑了布伞,放了摊位,小贩们在移动木桌上摆出的各种食品,那些豆腐干、猪头肉、卤鸡鸭都油光水亮。摊主用一支塑料拍子赶打苍蝇。巨大的方形菜刀躺在发黑的切肉墩子上。柳璀眼光尽量避开,竟有人能吃下这些东西。不过肯定有买客才有摊主。

"妹儿,趁热买,姜家卤鸭!"

有人竟叫她"妹儿"！只有小时她的保姆这么叫她。她能听懂四川话，她跟保姆就说四川方言，直到父母发觉了，把老保姆辞退为止。等那人叫第二声"妹儿"，柳璀觉得四川话不仅不难听，反而感到亲切。

有摩托车驶到跟前，说可以带她去旅馆，一夜十五元。

她问："多远？"

"不远。"

但是她已看出旧城不用交通工具就可走遍，也明白雄踞在旧城上的新城，更合适居住，不过那又回到她的生活圈子里去了。所以，她还是觉得应当住在旧城。那摩托车找上别的客人，很快就驮上一个女青年，女青年抱着驾驶者的腰，引擎发动时声音像打枪，一股烟开上一条弯曲的泥路，穿进了街市。

街巷大都没有街名号码，原先可能有的，或许路牌妨碍搬运砖石，拆掉了。那些房子烂朽朽的，木窗在叽嘎叫唤。

看到这样一个迷宫，柳璀只好改变主意，她决定先到上面的新城找个地方住下。的确，她上午离开的坝区宾馆实在太豪华，但是那个地方，恐怕她无法消受。正好一辆出租车载完客人，停在街边。她走过去，坐下后，对司机说："去这里最好的旅馆。"心里想，这个地方，"最好的"恐怕也只能将就。

"金悦大酒店，四星。"司机骄傲地说。

"就去那里。"

金悦大酒店却出乎意料的漂亮，位于新城最高处，雄踞于全城之上。大堂里有讲究的时令鲜花，巨大的花篮，插得气派得很。大理石的地面一看就是经常有人擦拭，亮晃晃的，倒映着堂皇的玻璃吊灯，有北京天伦王朝饭店的派头。柳璀很想知道，这样的旅馆是盖了给什么样的人物住的。

柳璀住定下来，已是下午四点一刻了，她用电话叫了房间送餐：一碗牛肉面条，算是补了个中饭。侍者把碗筷收走。

关上房间后，她在床上躺一下，想理一理这一天发生的乱麻一样的事情。可是难以找到头绪。该给母亲挂个电话，哪怕不向她求救——她从不愿意让别人给她出主意，也得告诉母亲她来到了这个地方。

不料房间里的电话没有开通市外线路。打电话给总台，说是她交的押金只是房费，长途电话押金要单独交。

她带的现金不多。没办法，只得重新下到一楼，付押金。她从总台转过身来，感觉心情好多了，精神似乎也恢复，可以继续她来良县的任务了。给母亲的电话，等一下再打也不迟。

跨出旅馆大门时，她才发现没有带地址本，只得返回房间。她做事情从来没有这么没次序过，都是李路生与那个女人扰乱了她。她进卫生间洗手时，看见镜子里面的女子一身西服，穿着高跟鞋。这么一身装束出去，像个京城或省城来的新潮女干部。打开行李箱，找了一件休闲上衣和棉布长裤，换上容易走路的轻便鞋。

有点儿像一个女教师。不过当她在穿衣镜前晃过一眼时，发现自己更像一个女大学生。她一头短发，不仔细看，真显年轻好多。殊不知她月经都不太正常，夜里常常失眠，一天只能睡四五个小时。柳璀不禁悲从中来：这接近更年期的危险年龄，怎么一下子落到被男人欺骗的境地！胡扯，我哪会是这等角色！她索性取出内衣，决定把这一身脏气洗洗。

这浴室比起旧城像天堂，大镜子，可调壁灯；大块大理石铺面，一尘不染的黑白双色地砖；墙上嵌装着两块瓷砖，花纹是民间艺人的手工花鸟，很素雅。宽大的洗脸台面有仿古漆盒，里面的纸洁白如绸；梳洗用具装入一个大漆盘。白毛巾厚厚一叠，有一股柠檬香味。

她跨入浴缸，拉上帘子。

水声中，她听到电话铃声。这儿不可能有人知道她，她把水开小，确实是电话在响，她不想理，一定是服务台问什么事。电话铃终于停了。她继续冲头发上的泡沫，把水调热一点儿。刚冲一会儿，又有电话声。她只得全身湿淋淋地跨出浴缸，去取挂在马桶上端墙上的电话。浴室的镜子质量很好，只有些微水汽附在上面。

令她吃惊的是，电话竟然是李路生打来的。他说："到良县了吧，还好吗？"他对她来这个地方一点儿也没有惊奇，"很对不起，我还在北京。"

"你怎么找到我的？"柳璀不回答，尽量用很平静的声音问。她转眼看见那镜子里的人，眼睛里满溢出复杂的感情，分不清是痛苦还是愤怒。

其实她知道答案：肯定在坝区那儿上船时，就有人看着她；和她一同下船，一直跟到旅馆。那个什么阚主任，李路生手下有这么一大批无事不包的人。她能到什么地方，还不早就弄得一清二楚？

李路生在那边答非所问地说："你得小心安全。"

这句话惹翻了柳璀，她强压住火，几乎咬牙切齿地说："我看你才是最大的不安全！我问你，你怎么探听到我住在这里？"

"这个地区的治安还是有点儿问题。"

"少威胁我！"

"难道你没有看见那些标语小字报，旧城有，新城也有，墙上房门上都贴着？"

"我没注意。"

"那就是已被清除了。离开良县吧，越快越好！要我让人来接你吗？"

柳璀觉得李路生实在太过分了。她到良县就奔自己的目的地，还没有去四周看一看。江边有些自搭的棚区，那是被迫拆掉房又未分房或不肯迁去外乡的人。这没有什么了不起的事，连出租车司机都怕迁移说是正常现象。如果李路生说的是此种不满，她又有什么必要逃跑？她觉得自己的探亲初衷，因为一个和丈夫有关系的女人的电话，已变成一道切开的伤口。

尽管她痛得要命，可是她能忍。她出生在这个叫良县的地方，她有自己的事要办，无须告诉他，也与他无关。

李路生说："还是离开那儿，回到坝区来！"

"劳驾，不要派走狗盯着我。"

"不要……"

柳璀对着电话声音提高，狠狠地说："盯也没用！"

"其实我没有恶意。"李路生说。

这反而把她胸中的火点炸了。她嚷起来："你就是恶意，你的意图十分恶劣！你叫人送来的香水把我臭了个够！"

李路生明显不想注意到她的火气："你从未让我失望，我也不会。"

"伪君子！"本想把这话扔过去，可是她却把电话吧嗒一声挂断了。她突然意识到自己裸着身子，觉得会被他看到。她实在不愿意。

她转头就进了浴缸，拧开水。结果拧错方向，冰冷的水冲到身上，赶忙调过来，把水开到最大处，像是瀑布撞击着她。她没有如此激动，恐怕没有，只是没有必要给这个李路生好颜色。

愚蠢的是，她只有在今天才愿意面对这个事实：那个打上门的女人一副要与她摊牌的架势。那个女人，陷入他们的婚姻生活很深了，恐怕也是着急了，甚至被李路生冷落了，不然不会采取这样打翻船的鲁莽之举。那个女人的声音不是很年轻了，可能非常漂亮也很能干。她言谈有节制，却具有进攻性，根本不把那阚主任放在眼里，是一个明白自己利益何在的女人。

那就好，柳璀想，没人跟你抢这个臭男人！

看来确有此事，李路生有意不提就是默认。她太知道丈夫的性格了，李路生老说谁最沉得住气，谁就胜利了。

是否应当离婚？母亲说得对，在这个婚姻里，她不是没有错。本来他们就是夫妻各走各的路。她已经一个人生活很久了，离婚与结婚一样，不过就是形式。

这么一想，她忽然明白了自己一直被利用。他们的婚姻，其实只是一个方便的空架子，比如给李路生做那种花花事方便，给上司一个"科技家庭"的好印象。

她的自尊心折磨着她，她不想问那个女人与他是怎么一回事。她宁愿不知。不知内情，也少了具体伤害，跟知道一些具体细节大不一样。这个婚姻，恐怕也给她自己懒得过家庭生活一个方便的借口。

突然，她恐惧起来，觉得自己有些不对劲。一个正常的女人，应怒火中烧，打翻醋坛子，摔锅摔盆，起码大哭一场。但她没有。如果他是个不中意的丈夫倒也罢了。那个阚主任说，这丈夫是全世界最大的工程的"重要人物"；母亲从政界元老的寡妻们那里听来,"他前途无量"。那么,她有什么理由不珍惜这美满婚姻的名义呢?

或许正因为如此,他们都并不在乎对方。

在美国写论文时,有一段时期可能累坏了,她总是在显微镜下看到一片沙漠。她不知道沙漠对她意味着什么。那沙漠里只有一人,很像一个女人在艰难地跋涉。她觉得那人就是她。有一个集市出现在视野里,她拼命走过去,遇见父亲。那儿灯火通明,人群有唱有跳,父亲手牵一头骆驼,他说:"你这样不快乐,我不忍心看见。如果有一天你快乐,我再来看你,否则你就不会看见我。"父亲说完话,就消失在集市的人群中了。

从那以后,她再也没有在显微镜下遇见过父亲,甚至没有在夜里梦见过父亲。

她记得几天后李路生正好到美国考察,顺路来看她。在早晨他离开前,她说到那些玻璃片给她的格式塔反应。他却说柳瑾的父亲在他心中是英雄,从战场上把他受伤的父亲背下来,救了他父亲。"我们两家是生死之交,你在我心中比什么都重要。"

这句话当时很安慰她,现在却使她觉得话中带话。这个李路生,虽然沾了军人子弟的光,却从来没有觉得上辈人打下天下是什么了不起的事。相反,他认为他这辈人能干得多。既然如此,当然没必要为父辈的交情而对她"忠诚"到底。

7

这个所谓的城市,看来没有市内公共汽车,城区不够大。出租汽车倒是到处可见,价格够便宜的:五元起步价,比北京少一半。不过从旅馆坐到哪里,也只有底价的路程。新的中心大街雅名叫浣纱路,两面的店面房子很精致,有好几家商店和公司正开张,摆着大大小小的花篮,门厅里贴着红底金字横竖对联。

警察站在街心指挥车辆,井然有序,电子大屏幕放着娃哈哈矿泉水广告,几秒钟后换成股市消息。一旦往下坡进入旧城地段,就与新城完全不同。街道拥挤,两边都是摊档,黑黑的腊肉、咸肉挂在店门口;蔬菜新鲜,有的洗干净,有的还带着泥土,一束束堆在地上。

可是每个人好像都有另一副面孔,在等待什么事情发生。到处都在拆房,几乎像打仗逃难。实际上离库区初期储水还有好长时间,到了2009年也不见得马上储水到175米水位线。水库既然早已是这里一切人生活中心的中心,不如及早按将来的样式过日子。

出租车突然不走了,司机不耐烦地对柳璀说:

"你最好下来,菜市摊往下更走不了,全是箩筐卡车。"

司机的话倒是事实,旧城不容易走汽车。"离鲥鱼巷还有好久的路?"她试着用四川话说。

"近得很。"司机收好她的五块钱。

柳璀下车来,退到路沿上。她只得问路。本地人说话像在吼,四川话发音太高,仿佛不能平心静气地说一件事。但是这儿人不奸滑,她一点儿没绕路,就到了一个悬在半山坡的居民区。

这儿较河区街道安静。太安静些,没有逃难感。柳璀估计这儿已经在175米水平线之上,一路上又脏又臭,尽是烂菜头、煤灰、摔破的玻璃瓶和塑料薄膜,青苔和野草生满石缝。旧城可以换新,淹水线之上的旧城,就没有什么未来可言。

大都是平房,除了一些加盖的二层的砖木房,没有什么高层建筑。烂朽朽的房屋,有的板墙都漏着缝隙。不过房子之间有芭蕉树、皂荚树,夹竹桃往往在山坡上。院子里用些旧木桶,甚至瓷马桶和痰盂盆栽花,倒是一片祥和气氛。

她小心地下几坡石阶。在一柱电线杆对面,有个偏房附加在工厂墙边,正是她要找的地址:鲫鱼巷七十八号附一号。

母亲说:"去看看陈阿姨。"母亲说着,进卧室去找地址本。她把地址抄写在一张纸上,递给柳璀:"这是多年前收到的信上的,希望陈阿姨还住在那里。"

柳璀好奇地问:"这陈阿姨是做什么的?"

"跟我一样,"母亲指指自己说,"家庭妇女。"

"不是这个意思。"柳璀知道母亲在幽自己一默。她抬起头来,看着母亲,"我是说在离休之前——想必她年龄跟你差不多,你是局长级,她什么级呢?"

母亲想了想,才说:"她的命不太顺,应该说很惨。丈夫是老军人,但是屡犯错误,一抹到底。她在单位里为丈夫鸣冤,也被开除公职。我想退休前她是一个女工吧,那还是假定她后来找到工作。"

这有点儿出乎柳璀的意料,母亲解释说:

"我们这几十年一直没有联系。只有这一封信,还是差不多二十年前的,说是她丈夫已经去世,请求老首长——就是你父亲——为她已过世的丈夫'平反昭雪'出点力。她不知道,那时你父亲已经不在了。"母亲叹口气说,"当然,我也没法回信。"

"为什么没法回信?"

"这话就长了,"母亲说,"估计今天一晚我们俩要说好多话。陈阿姨要'平反昭雪',跟你父亲直接有关。"

"跟你们在良县时的事情有关?"柳璀催问,"那么,你要我去找她干什么呢?"她想,两个寡妇卷到陈年旧账里,能靠她弄清什么名堂?

"我在怀着你时,她却是我最好的朋友,"母亲说,"要弄清你出生时的一些事——有的事我也一直不明白——恐怕你还得去找她。行吗,我的大小姐?你是特等聪明的人物,你知道怎么处理事情,而且你不是当事人,是下一代。你算是为我走一趟,好吗?"

当时柳璀一点儿没觉得有什么为难，轻轻松松就答应了母亲。现在想起母亲的话，却很是不安。一个人出生之前，那几乎是属于幽灵的世界，就如同一个人临死那一刹那，置身于那漆黑陌生中，完全无任何同路之人。

现在站在这个世界门口了，她突然有些恐慌。

发黑的木门竟是半敞开的。可能是窗子太小的缘故，从外面看里面不清楚。她走近一些，发现屋内竟然比外面低几级台阶，迎面扑来一股难闻的中草药味。

"陈阿姨在家吗？"

柳璀叫了一声，没人应。她又叫了一声，心里有点儿怀疑。不过还是奓着胆子走下石阶。还没等她看清屋里的陈设，冷不丁地一个女人站在面前。柳璀吓了一跳，往后一缩。

这女人一脸冷霜。

柳璀看出这女人还很年轻，因为门外的光线打在女人的脸上，她三十岁左右，模样很怪，梳了两条辫子，面容憔悴，眼睛里布有血丝。柳璀镇定下来，说："我找陈阿姨。"

女人耳朵聋了一样，也不说话。那土炉子上正熬着一罐药水，那女人蹲在地上拿把葵叶扇对着灶口扇起来，屋子马上满是煤烟味。

柳璀明白此人不欢迎她。她没办法，只得回到石阶上，门口围了一些小孩儿看热闹。柳瑾回望一眼,女人也正转过头来,暗黑中她露出洁白的牙齿,样子像在冷笑。

明显找错了人。

她很尴尬。旁边院子黑乎乎的门洞里,有几个男女围着一张黑黑的桌子在打麻将,头上正晾晒着洗过的裤衩和小孩儿衣服。他们打得专心,谁也不肯停下。这倒是全国一色的景象,许多人有毒瘾似的围着麻将桌转。没钱的赌一碗小面钱,有钱的赌一辆汽车、一幢房子。

柳瑾问了两次,旁边站着观战的一个小姑娘才转过身来,回答她:的确有个陈阿姨住在这儿,的确是附一号。但是丈夫在医院住院,陈阿姨可能是去医院探房了。

柳瑾心里松了一口气,母亲要找的人的确还住在这里。她说:"请问什么时候回来呢?"

那小姑娘刚要说话,另一个观看打麻将的女人骂了起来:"女娃儿,不习好,管啥子闲事?我等哈儿给你妈妈讲。"

小姑娘不再言语。其余打麻将的人白了柳瑾一眼,嫌她在这儿扰了清静。

但是那一伙人也打不下去,首先一个头发染成暗红色的女人尖叫起来,一只肥肥的老鼠突然爬上桌子,横穿对面。老鼠身上毛都秃尽了,样子非常吓人。柳瑾也看见了,也禁不住尖叫起来。老鼠在众人中间乱跑。有人说,赶快赶快,遇上不怕人的老鼠王了。他们去拿铁铲,乱成一团,有人把一罐潲水打翻了,弄得人跳将起来,大声咒骂。那酸臭味真难闻。这只大老鼠大概是吃了药,本来就是垂死乱奔,跑不快,被铁铲打死了。

"才打了药,耗子都死了。清静了两天,哪个又来了?"

有人叫:"准是你家没弄药,弄得我们都给连带了,等哈儿检查下来罚款,你龟儿子帮我们付。"

"你有啥子根据?"

那人穿着一双凉拖鞋,把桌子拉开,直接走到他面前,当场吵起来。不到一分钟,一条街的人都出来围观。看来不搬的人也就不必忙。

柳璀觉得无趣,既然陈阿姨不在,等在这里不是一个办法,只得先回旅馆休息一下。这么一想,她才觉得相当疲倦。

走出街口,她看到灰墙上竟然有一幅鲜亮的招贴,"云湖尊邸",画着美丽的花园别墅。广告内容倒是把她吓了一跳。

享受欧美风采

增加事业信心

明确豪贵身价

陶冶爱国情操

北山花园高级住宅区,量身定制,单独设计,优雅大方,世界级别。依山傍水,专供成功人士购买。

单用游泳池,单用网球场,单用游船码头,独家享受三峡新湖。

附有几款别墅式房子的平面图,300平方米的双厅五室四卫,主仆各用各的门,仆人还有单独吃饭的地方。屋顶是玻璃房,后院是假山、假瀑布,前院是蔚蓝的游泳池。宽敞的车库可以停两辆车,独家花园沿坡而筑,有四百多平方米。

她走近一点儿,仔细一看,果然图上还画着游船码头,泊着西式游艇。水库里则是片片彩色风帆。

她相当吃惊:这个库区地方,还真有那么多暴富的人,准备着把这个穷乡僻壤变成豪宅别墅区。

在脚底下的旧城,只要不去看它,它也就不存在。

能把那样的地方全淹没在水里,真不是坏事,她想。

她想上厕所解个手。好不容易看到街边有个砖砌的公共厕所。她进去,吓得连忙跑了出来,墙隔男厕所有人在拉肚子的声音听得一清二楚。她早已没有了尿意。她已经二十多年没进过这样的厕所了,好几条街的居民公用卫生设施,以前进过,也忘了。

8

柳璀第二天醒得很早,窗子上有一层雾气凝成的细水珠,整个江面雾沉沉的。走到街上,水泥石板湿漉漉的。从上街往下街走石梯,其实很容易。昨天还迷宫一样的良县,今天柳璀已能识别出大致的方向路径。

本来她想吃油条豆浆,却觉得一种桐子叶包的麦子粑,可能比较卫生,而且有股新鲜的甜香。的确不错,一个就饱了。她准备去报摊买一张当地报纸,发现对面街沿上坐着一个年轻女子,模样眼熟。再一看,好像就是昨天下午在鲥鱼巷,有意不理她的那女人。像在等什么人,脸上有汗,好像刚干了重活儿。两个五六岁的脏男孩儿在乞讨,旁边一个老太太肩上搭了些灯芯草,白白长长的飘起,走在街上。

有人走上前去问:"啷个卖?"

"五角一束。"

"太贵了,便宜点。"

老太太不干。

隔一会儿那年轻女子往坡下走。柳璀好奇地跟了过去。那儿的房子有一大半在拆成一块一块砖,路绕来绕去,很难走。

断墙裂垣之中,一群妇女在刮废砖上的泥灰,而另一些妇女弯着腰,高背篓里装满了砖块,沿着弯曲的小街,一步步朝上城走去。这些都是二三十来岁的强劳动力妇女,风吹日晒,布满灰尘的脸,红扑扑的,还没有开始起皱,但让人怀疑她们会有多长的青春。

柳璀来到坡下,发现就是江边,却看不到那女子的身影了。

有人打着招牌,真心诚意地拉工人去江对面的小岛上切土豆片晒干,五元钱一天,"五元一天!"柳璀很惊奇,是三份报纸的价钱,这里的工资竟然可以低到这种程度。坡上那些背一百五十斤砖块上山的女人,一天的工资多少呢?她都不敢问了。

柳璀想了想,沿着一条小径走上去,她发现这是一条近路,可以走到昨天她去过的鲫鱼巷。她决定再去试试运气。

这是鲫鱼巷的另一侧。整条巷子有坡度,呈弧形,阴暗冷清。煤饼贴在路沿,也不怕人踩烂,阳沟里哗啦啦地淌着附近猪鬃厂排出的带泡沫的脏水,有一大股直接流在黑脏的路上,得提起裤脚踮起鞋尖才能过去。石头搭的洗衣槽,外面已生有一层霉。

快接近那房子时,柳璀看见一个上了年纪的女人戴了一项旧草帽,肩上搭了根毛巾,正弯着腰在水龙头边的石凳上洗一盆萝卜,每过一阵子,她都要直起腰喘气。

柳璀还没有走过去,老女人就发现了,抬起头来打量。她眼睛由冷漠转为惊异,等柳璀停步在面前,她开口第一句话就是:

"真是她的闺女。没错,一个巴掌拍下来的。"她站直身子,

"是你昨天找我吧？"

柳璀在思想中有过准备，但还是没料到这个又胖又黑、满脸满颈子皮肉挂下来的半老太婆，就是母亲让她找的陈阿姨！穿了件有补丁的旧布衫，鞋都快磨穿了。她无法想象面前这个人曾是母亲的好朋友——她与白皙高雅的母亲，似乎是两个世界的人。

柳璀马上就说母亲让她来的，还托她带了点礼物。母亲其实没想到叫她带礼物，她突然想起应当如此。

"她终于想起我来了。"陈阿姨的嗓音沙哑，几乎要流泪。

她用毛巾擦干手，上上下下仔细打量着柳璀，一边说："真是你妈的闺女，一样苗条，穿什么都有个架子。比你妈当年都水灵！"

柳璀给她看得有点儿不好意思了，这个老太太直言快语，让她非常放松。

"礼物我忘了，放在旅馆里。"她心里想怎么去圆这个善意的小谎。

"今天一大早，窗前的金阿子就在叫个不住，我就知道有客人来！"陈阿姨继续说她自己的话，没有接礼物之类的话头。她端着盆子，让柳璀跟她下石阶。一转眼就到了她的家。

她把柳璀让到屋子里坐，还是一股很浓的中草药味。她打开里面那间有窗的房门，这样屋子里光线好一些。在良县千篇一律的灰瓦房中，这窄小的屋子唯一特色是空空荡荡，也没有其他屋子能见到的财神或观音。家具也只有厨房里的矮小的木桌、两张凳子，和里屋的一张床。昏暗的屋子里，连一台小黑白电视机都没有。

柳璀坐下说："我母亲挂念着你，想知道老姐妹生活得怎么样？"

陈阿姨笑笑说："你看这屋子里不就明白了？啥子东西都没有了，都卖掉了。老鼠都不待我家了，多好！"

她说老伴住在医院里，胃癌，等着开刀。下岗的，早就"买断"，已经没有公费医疗。现在住院是什么劲儿呢？以房间条件不同时间长短收费，药费另算。每天住院费两百，就是天天烧钱，动一个开膛大手术，先交五千元开刀费，不然等着癌症扩散吧。

她倒了一杯白开水给柳璀："家里有病人，就乱得不像话，连茶叶都没有置。"揭掉草帽后，她的短发乱草般蓬着，一绺灰一绺白。

柳璀用手握着杯把，说："白水就很好，陈阿姨。"

"人家都不叫我陈阿姨了。"

她解释老陈二十多年前，就是1973年就过世了。五十年代，他受了处分，罪名是反对领导。一抹到底，"文革"开始被整，后来又算作黑手，整个良县'打砸抢'的黑后台，抓进牢里。老陈"文革"前十五年冤就冤了，造什么反？既然造了反就一人敢作敢当，别去求什么情。他那么多政治风浪里过来的人，应当明白，赢家不会饶过输家。最后老陈死在牢里了，也不知道怎么死的。人人都平反了,可是他的问题还是得不到解决。她那时急得给柳璀的母亲写信,其实不应该写——"文革"中人人难过。而且人都死了,更不值得去说。

陈阿姨说得很快,平声平调,没什么怨伤,好像生活对她没有什么不公平的地方。但是她一旦开口说起来,却停不住自己。

"没办法,'文革'后,我已经靠五十了,这么一把年龄,还得改嫁。是邻居老王师傅,他虽是个工人,但知人知心,对我也还不错。街坊现在都叫我王妈,只有个别老街坊知道我前面的丈夫姓陈。"

正在这时,有女子跨过门槛,下石阶来。她脸脏脏的,身上也脏脏的。陈阿姨叫住来人:"姑儿,过来,这是远方客人。"

逆光看不清来人。

来人拿了根毛巾和脸盆,盛了水,端着脸盆进里屋了。柳璀见过这女子,忍不住问:

"这是你的女儿?"

陈阿姨说:"是的,是我的养女蝶姑。昨天你见过她了?这几天她胸口不舒服,嫌上医院太贵,让我抓了些草药。"

柳璀说,"我以为找错地方了。"

"她这儿有点儿问题,"陈阿姨指指脑子说,"一直没学会跟人打招呼。二十多年前,河南一带逃荒的人,经过我们良县。她满嘴吐泡沫,浑身抽筋,昏倒在巷子口。老陈好心地把她弄回了家,我们救醒了她。不过从那之后,她的脑子不太灵。她在街道上班,每天天没亮就得清扫马路,工资低得可怜,太辛苦,不过连这种工作,说是也得下岗。"

柳璀没有说上午遇见过蝶姑,可能是扫完了街,又另找了一份工作吧?多半是背运砖块之类,上百斤压在背上。胸口疼,靠这种药如何治?陈阿姨忙着把药罐里的乌红的汁滴到一个碗里,给蝶姑端进去,叫她趁热快喝。

蝶姑却问:"妈,你吃饭没有,爸啷个样?"

"他还可以。我回来晚了,把你弄醒了。现在好好休息。"

柳璀看出母女俩感情很深。陈阿姨回到外间,突然拍了下手掌心,对柳璀说:"你妈总说起过月明吧,我儿子,他跟你同年同月同日生!"

母亲从来没有说起过。母亲只是说当年她怀孕时,陈阿姨也怀孩子,他们当时是良县有名的一对"大肚子女干部"。他们离开良县时,把老部下陈营长和陈阿姨留在这个地方上了,陈营长那时担任县武装部长,是个直性子人。

"母亲说起过。"柳璀只是顺话问,"你的儿子呢?"

陈阿姨转过头去对里屋的蝶姑说:"姑儿,你先歇一会,就去医院陪你爸,回头我来替换你。"听到里屋答应了,这才转过来说,"我正要去月明那里去,他在山上的水月禅寺。"

柳璀在什么旅游指南上看到过,此地有一个名胜,南华山上沿山而筑的禅寺,据说是明代留下的庙宇。不过她的儿子在那里做什么?

"他不是和尚。他在郊区小学当老师,什么课都教。"陈阿姨人显老,头脑却一清二楚。"一迁移,小学就解散了,月明就给禅寺的礼品店画画。他该干脆做个和尚算了!这么大年纪了,也没娶个媳妇,我怎么说也没有用!倒是有姑娘喜欢他得很,可是他不感兴趣。"

她斜看了柳璀一眼,打住了,轻轻地叹了一口气。

陈阿姨进到里屋,对蝶姑又交代几句。收拾东西,取了个布包小心地放在裤袋,一副要出门的样子。柳璀想起她没去看过这个南华山的禅寺,就对陈阿姨说,希望和她一起去。

陈阿姨犹疑着看看柳璀,想说什么的,忽然就高高兴兴同意了。

9

她们俩走出巷子,沿着旧城往西走。街上有些店,挂着一排排黑又长的老腊肉,一串串血红的辣椒挂在门口,大蒜也吊了不少,倒像西方人防吸血鬼的架势。旧城隔一条街口就有一家理发摊,那些理发师傅站在路沿上,见路人走过就盯着路人的头发,价钱便宜得让人不敢相信,八角钱修理短发,三元钱剪个样式。

柳璀害怕他们盯着她看的眼睛,那些人手里拿着亮刷刷的剪子。离得最近的墙或电线柱子上钉有大铁钉，挂有全部理发用具，围巾毛巾颜色可疑，镜子架在路沿石块上，照着街上人七颠八倒。

在一家卖辣子酱铺子前，陈阿姨停了下来，向柳璀解释，说上山有两条路，一条直路，本来是沿山脊修的台阶，但是现在成了名胜古迹，要买参观券坐缆车，不让人自己走上山。以前她都一直是自己走上去的。"门票加缆车要五十元一个人！"陈阿姨感慨地说，"不是游客，哪里坐得起！"另一条是盘旋在坡上的山路，走车的，绕得太远。

柳璀知道陈阿姨的为难，但她也明白不应该在这种时候充阔。她只是说："陈阿姨，你怎么走，我就跟着你。"

陈阿姨想想，说："那就打个摩托先上山吧。"

从小街出来，就是旧城的大街。景点的门口就设在街面上，在水位线之下，装修得挺草率。但是朝上看山道，里面有一层层新建的牌坊。明显准备着今后临湖而上。

陈阿姨跟街边等着的两个摩托手说好了价钱，五元一个。她自己戴一个头盔，拿了一个递给柳璀。柳璀接过头盔，迟疑了一下，决定不看头盔里面的脏，戴上再说。等柳璀戴好头盔，陈阿姨又叮嘱，等一会儿抱住车手。

她朝前走两步，又回过来，对后面的车手说："开慢点，不用紧跟，仔细点。"

摩托车从街边上开出去,从一条沿江公路往上盘旋。柳瑾很不习惯这么抱着一个陌生男人的腰,但是她只瞥了一眼路边下的峭崖,马上顾不得么多了。

车手一会儿就开快起来,完全忘了陈阿姨的话,紧追前面的车,甚至从对面下山的卡车小车间钻过去。不过他开得很稳,柳瑾不久就忘了害怕。公路伸出城区后,景色就坦荡开阔,一边面临一条青绿的江水,而且空气也新鲜,不时有水汽飘落到柳瑾的脸颊上。

车手问柳瑾是做什么的,一瞧就不是本地人,来看亲戚还是旅游?现在我们这儿正在灭鼠,时候不对呀。每天闭上眼睛就是一千只老鼠死在街上,睁开眼睛就是一千只老鼠从江里浮起来,什么滋味啊!

柳瑾耐心地听着。这人又说,闹老鼠,老鼠精着呢,抢先搬家,不肯死,成群结队从旧城往山上新区跑,新区用药挡住它们不让进,每天夜里,加一条毒药封锁线,冲不上去的老鼠成片倒在街上。

柳瑾明白这个人心中有气,在说书编戏。

但是车手说,只有这山上寺庙,老鼠不敢来,毕竟是菩萨法眼罩住的地方。

这时,太阳从石柱缝中一线射出。没一会儿,阳光就驱走了雾气,江面一层层的波纹旋涡,青绿色的山却没有任何倒影。有一条木筏顺江漂着。沿江流方向看，层层叠叠的山峰，巍峨秀丽，远一层就淡一点儿，一直延展到眼睛看不见的淡雾之中。他们越爬越高，越高越看得远，那青绿也就变得更远。

摩托车停下来时，柳璀把头盔脱下还给车手时，才看到车手已经满头大汗。柳璀付钱，被陈阿姨一把挡住，说是不要看不起她。柳璀只好作罢。

车手问他们是不是还下山去，他们可以等他们。

陈阿姨挥挥手，赶走他们，说下山哪个要花钱坐车。

她们停下的地方，实际上是水月禅寺的院墙后面。主殿建在山巅上，站在这儿，良县落在一边的坡滩上，新旧房子分两片区，一目了然。再看下面的长江，也与在下面看很不一样，如谷底一条黄色的路，在群山间绕来绕去。

大殿四周有围墙，但是陈阿姨推开一扇小门，从侧院走了进去。里面好像有不少修缮工程，叮叮当当直响，不知道在装修什么，好些工人忙忙碌碌。这个佛寺胜地，看来也在迎接更辉煌的时刻。

她们走进一个比较安静的侧院。陈阿姨大声叫："月明。"

听到一个声音在答应着，接着一扇门打开，一个中年男子走了出来。他穿着破旧、有墨迹的中山装，头发根已经稍稍往上推了。可能因为如此，索性剃了个平头。他倒像山下那些旧城居民，没有任何特别的地方,活脱脱就是一个乡村教师的样子。

看到母亲与一个陌生女子在一起朝自己走来,他有点儿惊奇,但马上掩饰过去了。

陈阿姨说:"这是柳瑾!我给你说过多少次的柳瑾!"

月明伸出手来,说:"久仰,久仰!"

陈阿姨打了他手背一下:"别再傻里傻气的,柳瑾是与你同一天生的,什么'久仰久仰'的!"

月明装作没听见,柳瑾却伸出手去握手。所有的男人手都有点儿潮,这个人也不例外。

"你好。你母亲让我一起来,打扰你了。"柳瑾客气地说。

"里面坐,里面坐。"

等到柳瑾离开了一段距离,好奇地在看这个充作画室的长房间,月明转过头去,急忙把母亲拉到一边,压低了声音对她说:"昨天老板来说了,只能借一千。他说礼品店现在生意不是很好,和尚当着顾客的面开了光,每幅也只能加收二十元。我好说歹说才答应借给一千五百。"

陈阿姨气得坐在竹椅上,动作太大,几乎把长桌上的笔砚弄翻。她叹着气说:"开刀已经拖不得,你随便哪个都要弄到三千,我再去向街坊借,说尽了好话也借不到一千哪!四千是起码的,都说刀要开得好,最好还是给五千。这下子哪个办嘛?"

月明面容有点儿尴尬,不知怎么说才好。柳瑾故意再走开一些。这里的事情不是她能多管的。但他们压低声音在说四川土腔，她能听懂，明白他们母子俩在谈什么。三千不是个大数字，但这是她慷慨施恩的地方吗？

屋子里大概是寺庙用来放杂物的储藏室，倒是很大。门口木窗两边都是月明给礼品店画的画，都是传统水墨山水，上面题的无非是历代名人吟咏川江三峡的诗句，任何一本旅游指南上都能读到。在柳璀眼里，水墨山水画了一千年也没有创新，月明画的也没有什么差别，尤其是上面加了一些桃红柳绿的彩点，更显得俗气。看来月明是按一定的套式成批生产供应店家，他只是依样画葫芦的画匠。

屋子另一头，是一张长长的旧木桌。上面放着纸卷，搁着糨糊桶、胶水瓶、排刷和刀、尺子，还有一个瓦罐，插着大小不一的毛笔，桌下有桶混浊的水。

看起来，裱画也是月明的事。裱好才能卖出，可能他裱画比他的画挣的工钱多。

桌子下乱丢了几张纸，墨迹透过纸背。她好奇地翻过来，细看吃了一惊。纸上好像是一幅画，只有几道涩墨排笔刷，粗大的墨梗，浓淡不一，中间是一小点艳红和几点溅出来的墨。她再仔细看，几乎可以断定，这是一幅很奇异的画。

她又翻过一张来。这幅更奇妙，水渍从边顶略有弧度地一路长泻，像要冲到纸外。但是被一道道岩肌似的纹理挑了出去，喷到暗黄底上消失。水迹墨痕显现出隐约的山形，浮动的云气与山石的坚硬，实际上又没有任何事物的摹写。

柳璀自认为看不懂现代抽象艺术。在她眼里，那些西方现代艺术馆是一批狂人比赛炫耀欺人的胆量。但是这两幅画别出一格的构图和功力，把她强烈地吸引住了。画的是川江峡谷，她惊叹过的山岩的肌理，但又不完全像，想象力走得更遥远。那墨块刷痕和乱溅的墨滴，吻合这个世界的某种形象，又像是这个世界之外某种气势的灵动。

一旦如此想，这两幅画就整个活了起来，像长江的流动一样变化不定。柳璀呆住了，可是这些奇妙的画都揉皱了，扔在那里。

那母子俩还在那里，头凑在一起叽叽咕咕低声说话，陈月明看上去非常着急。柳璀走过去问："你这些画卖多少钱？"

陈月明听到这话，抬起头来："我画的都是临摹品。商店卖出一幅，一百到二百不等。抽成百分之十给我。"他说的是不太纯正的普通话，但比街上的人说得要好得多。看来这是他的教师腔，用来对他的学童们说话。

"什么？"柳璀几乎要惊叫起来，"每幅画才得十元、二十元？"

月明却平平实实地回答说："已经很不错了，颜料画具宣纸不是我的，工作室也不是我的。店铺开在景点游览区，也不是我的。和尚开光赐福，当然也不是我能做的事。"

"那么,"柳璀指着桌下那摊开在地上的画,"那边两幅卖多少?"

"噢,"月明仔细看看被柳璀摊平的画,好像这才记起是怎么一回事,"那是画废了的,废纸。"他抬头朝柳璀看,几乎粗鲁地直视着她的眼睛。

柳璀来了这儿,还是第一次直接看到他的眼光。或许看山看多了,看人也凝重和冷漠,他动作很客气,但是从他那眼光,无法触到他的内心,仿佛有意与人隔开一条河似的。

"你说是废纸?"柳璀疑惑地问。这不可能,而且不管怎么说,她喜欢这两张画。"我买下,一张两千。"看到两人惊奇的表情,她加了一句话,表示认真,"不过你得帮我裱一下,还要加上你的印鉴题签。"

"这些不能卖。"

柳璀以为自己听错了,但是他说得清清楚楚:"画废了,当然不能卖钱。"那声音硬朗,似乎有意顶撞。

柳璀脸一下子红了。她想辩解说,这些画就是值这个钱,她的确喜欢那两幅画。但她从月明的眼神中看出,这个小学教师头脑一清二楚,知道这个局面的由来。他一点儿不像他外表那么好说话,而瘫坐在竹椅里的陈阿姨只是听着,一声不吭。

月明回过身去,对母亲说:"妈,你先回。今明两天我一定想办法找到钱,给你送去。"

走出禅寺，柳璀忽然看到了这一段峡江的全景：中间是江面开阔的良县平滩，的确很雄伟壮观。第一次来三峡，本来准备感受一点儿名不副实的失望，却出乎她意料的惊喜。每到世界闻名的风景，总免不了有一种遗憾：电影中摄影中角度摆弄得过了分，亲眼见到时就失去了玄妙，连科罗拉多峡谷，也远不如电影里那么险峻陡峭。就像在什么场合见到名演员，谈吐俗气，相貌平平，全然没有银幕上的风采。

这个被文人墨客吹嘘了几千年的三峡，却像鸿蒙初开时那么清纯。据船员说，五月间的长江最得人心。南方开春特有的"初一落雨，初二散，初三落雨到月半"的气候刚过。郁闷的梅雨季节，已被雨水洗净，夏季必有的暴雨涨水发洪，尚未灌得满江污黄，正是风和日丽的好天气。

多注视一分钟，这峡江便多一分钟无穷尽的变化。碧蓝的天空下，一艘汽艇在绸布似的江水中，舒舒缓缓剪开一条长长的白线，江两岸葱绿青翠的层层群山，仿佛只是绸布抖动的背景。再远处，是用望远镜才能看到的江流一端，打开千万年湍水切割出来的峡门，淡红的花岗石，斧砍似的裂成两片。江面骤然由四五里紧缩到一里宽，江流经过一段宽阔平息，突然再次急喘地呼号起来。

这个俯瞰的景色，她在旅馆的窗前，应当可以看到一些。不知为什么，她到现在才感觉到三峡的全部沛然气势。

10

想起来，母亲的确没有提过陈阿姨的孩子，甚至在她们前一天晚上的长谈里，也没有提过。可能她没有意识到，同时怀孕，应当有可比较的结果。

那天晚上在颐和园后街，那套布置讲究舒适洁净的公寓里，生平第一次，母亲给柳璀讲了这整件事——五十年代初在良县发生的事，关于她出生时的故事。

那是1951年，到现在才告诉她，的确不应该。母亲说，她一直在想什么时候应该让柳璀知道，不过柳璀一直忙忙碌碌，没有时间给她。房子里的蜡烛已经燃了一小半，母亲有习惯，即使是一人吃晚饭，也点蜡烛，可寻些家的温馨感觉来。柳璀看得出来，母亲其实是给自己找适当时间而已。这个人藏得住话，有必要，可以藏一辈子。

"柳专员，我的丈夫。"

柳璀还记得母亲的声调平和低沉。现在当柳璀重新回忆起那一晚时，她觉得父亲在她心里的形象，并没有因为这段故事而发生变化。

她的父亲，那个在四十多年前叫柳专员的人，以前是解放军某部的团政委。解放四川时，他参加革命已有十多年。

父亲原是学生投军，虽是农家子，家里也算富裕。母亲是苏南人,江南的富户就与北方大不相同了,1949年底随解放军进入重庆工作,他们在重庆结婚。

父亲家里有原配妻子,不过那时进城的干部另娶新参加革命的女学生,是常见的事。柳璀知道母亲是"革命夫人"。这事情,她只觉得有趣而已。

母亲开始说在良县的事。那是1951年春,父亲被派往川江北岸一带,任良县地区专员,几个县的地方都是深山河谷,清剿难,搞运动更不易。地方要职几乎全由北方军人担任,父亲把他的部队里一些干部,包括陈营长都带去。

父亲一直不让母亲去良县,说那里太不安全,有土匪。母亲当时已经怀孕,留在重庆,她很想念丈夫。而且新中国在革命高潮中,她想在实际工作中得到锻炼,志愿离开大城市去良县吃苦。丈夫很高兴,虽然他为未出生的孩子着想,认为妻子应该待在重庆大城市,生活方便,又有外国修女开的不错的妇产科医院,但是最终他同意了。

良县是江航重要码头,不管是下航上航,水手都喜欢在这里过夜。良县以下的三峡航程急流险滩,暗礁太多,夜航太危险。安然上溯到此地的船,都喜欢在良县松一口气,第二天再航到重庆卸货装货。这里的妓院与仓库码头一样,是整个航运业的必要部分。每天一擦黑,从码头跳板上下的水手,就拥向酒店,以及与酒店挤在一条街上,甚至上下楼的妓院。

1951年四川土匪基本上已经被部队剿灭。地方人民政府巩固政权，可以清除旧社会的污泥浊水。

母亲说她到良县接上组织关系，就分配到妇联，心里非常高兴。当时妇联不像后来的日子，不是养人的地方，是吃紧的工作机关。

专区妇联正急着要干部，因为正在教育妓女的节骨眼上。专员夫人怀孕参加工作，使妇联工作人员士气更高。

母亲到妇联后，心情一直都不错，因为陈阿姨也在那里，她是父亲老部下陈营长的妻子。陈营长是个从东北一直打到四川的老战士，冀北农村进入东北的老八路基干，粗人，识字不多，但久经沙场，遇事沉着。从四平败退撤下来时，多亏了这样的下级军官，才保住部队不至于溃散。

陈阿姨是四川丰都人，从农村逃婚出来，途中遇着长期在四川山中活动的共产党地下游击队，就参加了革命。陈营长等进了良县才听从组织安排结婚，他没有找城里学生，而是挑了个能过日子、健壮而爽朗的本地农村姑娘。按照乡下习惯，她的娘家姓这儿没人提，只随丈夫姓陈。

母亲与陈阿姨总是互相取笑，说他们怀孕是"和平病"：军人入川之后，战事平定，只有一些打土匪的小任务，是生孩子的好时光，只怕他们的孩子日后太文静了，缺乏革命战斗精神。

陈阿姨因为长得壮实，有身孕也活动自如。母亲叫她陈姐，后来发现她比母亲小半岁，可一开始叫就习惯了，再改就难。陈阿姨对母亲呵护有加。母亲也觉得与文化不高的陈阿姨几乎可以无话不谈，无须各种防范。她们对能参加当时重点的改造妓女工作，热情积极，似乎要把所有的妓女都改造成新人，像她们自己那样的女革命者。

专员公署，就在以前的民国政府专区署，是一个旧式庭院建筑。里面曲径回廊假山鱼池，形势一紧，鱼早就没人照料，死完了，只剩下一池漂着浮萍的水。回廊四周全挂了各种科局的牌子。后院是食堂、柳专员一家及警卫员住处。

那时城乡商业尚未恢复，只有十天一集，很不方便。柳专员因为妻子怀孕，就让警卫员去山里打野味来补充营养。此地山里物产丰富，山上长的，水里游的，动手去抓就什么都有。

母亲说，那几个夜里，她不知为什么感到心慌意乱，倦得睁不开眼睛，却难以成寐。她觉得机关里的气氛有点儿紧张，但是不明白出了什么新情况。但是丈夫和陈姐都总让她回家休息，说是胎儿——就是柳璀——第一重要。

柳专员过了半夜才回家。妻子终于睡着了，但是睡得很不安宁。那是一个闷热的初夏之夜，妻子来之前，柳专员换了一张大床，但是一直没有弄到一个大蚊帐。只好再借一个单人蚊帐来，席子也是两张单人的凑在一起。她从蚊帐下伸过手去握丈夫的手，他慢慢抽出了手,可能睡着了。

天刚刚亮时,地方武装支队长就来让警卫员敲门,叫醒柳专员。警卫员正在犹豫,柳专员已醒了,套上衣服走出去,把门在身后掩上。

迷迷糊糊之中,她听见门外的声音,便赶快穿上衣服。

一个士兵样子的人,再奇怪没有,他的单衣军服扯拉破烂,好像是从山崖上跌了下来,但身上没有伤痕。他手里挥着一支驳壳枪,失魂落魄,口里胡乱地说了一些听不懂的话。柳专员叫警卫赶快把枪拿下来。支队长说,检查过了,子弹早就打空了,没有子弹了,才由他拿着。支队长又说,是巡逻队伍找到他的,在北边华南坡道上,离城区并不太远。问了他,回答还是不清不楚,人在满地乱转。

柳专员很不高兴,在战场上从不慌乱的军人,在这里经常有人中了邪,真不应该!他叫人把这个士兵送回兵营去,对赶过来围观的士兵说:"是得病了,休息几天就会好的。找一下大夫。"目光扫了大家一圈,"没有任何异常,不许乱传谣言。"

他回到屋里,对妻子说:"太怪,没有听到任何枪声,我刚来时,经常有打黑枪的。这里周围山上打枪,整条江上都听得见。"

妻子问:"南华山会有坏人吗?"

"没有,南华山顶有个禅寺。"柳专员想想又说,"坏人?哼。"

"怎么啦？"

"没什么。天快大亮了，你抓紧时间再睡一会儿吧，"他自己往桌边一坐，"真是无事生非？"这话听起来仿佛是在问他自己。

11

第二天上午原定是机关开会，柳专员主持。第一项是检查改造妓女工作，妇联干部全部参加了。妻子到良县后很少参加这样的干部会议，心里挺高兴。虽然没有睡好，她一脸疲倦，也准时到了。

但是，她对许多事情说不清楚。汇报工作的是陈姐，她说了工作中遇到的难事。抓捕妓女由地方武装部队负责，当时动作粗暴就成了改造时的困难。有些被抓的妓女吃到苦头，老实了；一些犟头倔脑的，抓捕时留下的疙瘩就解不开。有些妓女学习的时候，坐不住，发言时装糊涂，说下流笑话捣蛋，做工编席子时三心二意，手里慢，还尖牙利嘴嘲笑做得快的人。最近阶段更出怪事，莫名其妙在宿舍里打起架来，扯头发、乱咬人，滚在地上扭成一团，工作队拉都拉不开，警卫班用枪柄砸，才把她们赶开。

陈姐的汇报，满是故事。母亲觉得生动有意思。主持会议的柳专员却敲敲桌子，批评汇报得太琐碎，尽是婆婆妈妈的小事。他让陈姐说一说"重要敌情"，看来柳专员知道发生了一些事，而陈姐却没有说，把汇报朝细枝末节上扯。

陈姐这才说到,有一个妓女抗拒改造,上吊死了。

全场哗然。

陈姐说,最近改造班第一期结业,让没有能力娶妻的工农阶级来领娶这些女人,局势才真正变得紧张起来。气氛很不正常,哭哭闹闹一片,绝食的,犯病的,非常不好管。

被改造的妓女中有一个叫红莲的,已经过惯了妓女生活。一般妓女一过二十,就开始想办法从良,大都是嫁给不太了解情况的外乡人。这个红莲却一直没有从良,在妓女中算是个大姐。

柳专员插话了:"我们的同志,看问题眼光要坚持阶级斗争立场。这个红莲,明显是妓院老板,鸨母,就是恶霸。"

陈姐有点脸红:"就是,就是恶霸,女恶霸。"

她说,原先以为她们是几个妓女搭伙合住,红莲只不过是搭伙领头。现在看来,问题没有那么简单。她一直不吭声,没有任何捣乱行为,伪装老实,结果昨天夜里她们几个人,这个红莲,和搭伙的三个妓女一起溜跑了。

柳专员说:"逃跑风要坚决刹住!"

"原先我们想,跑就跑了,反正现在是新社会的天下,跑到哪里,再从事卖淫勾当都会被抓起来,因此对这件事处理有点儿不经心。现在我们理解了,这是战场上斗争的继续。"陈姐看来是在复述领导对她说过的话,声音有点平板,"让她们逃脱,就是放跑反动派。在这场斗争中,容不得半点儿心慈手软。"

柳专员说，那四个人肯定分散逃亡了，没有必要分头追。我们得集中力量，抓回煽动叛乱的反动恶霸红莲。他的眼光扫到驻军支队长，支队长马上说他已经布置追捕。柳专员点点头，神情严肃地说，荡涤旧社会的污泥浊水，这是一项严重的任务，不拿枪的敌人，比拿枪的敌人更加凶恶危险。对此，我们千万不能麻痹。

他从文件袋里抽出一页文件来，宣读起省委文件。

文件不长，听了大家还是不太懂。柳专员就镇压反革命运动做了讲解。柳专员的普通话，带着河南腔，四川人听来有点异常，不太顺溜，或许正由于如此，他的话具有更大的权威。

"相比之下，我们专区落后了！"柳专员提高嗓音，"再麻痹下去，我们对不起党的信任！很多同志以为大局已定。其实不然，封建意识有更深的根基，其中之一，就是反动道会门，这就是我们深入镇反的重点所在。"

只听见一片沙沙的笔画在纸上的声音，来开会的干部埋头记录，柳专员有意放慢讲话速度，让大家有可能记下，词语与句子的间隙，使他的讲话更显得深刻。

柳专员点起一根烟，坐在藤椅中。主持会议的武装部长老陈，接过去说了几句，主要是说要把今天的会议内容层层传达下去，请大家务必领会。

柳专员的妻子觉得他与在部队里时完全不同，那时政治动员直截了当，没有这么多理论。良县是个叫人进步，值得锻炼的好地方！她环顾全场，没有人说话，似乎都被柳专员刚才说话的气势给镇住了。

"同志们有什么不清楚的问题，请抓紧时间提问。"老陈看看大家说。

大多数人还在继续沉思。只有一个记得快，此刻已经不再琢磨文字的干部，问了一句：

"请领导讲一下，如何分清打倒反动道会门与保护正当宗教活动？"

柳专员吐了一口烟，显然，这正是他等着的问题。

"党的政策是允许正当宗教活动。允许不等于鼓励，这点不用我来说了，宗教是人民的鸦片。我们要教育广大人民群众唾弃反动的精神鸦片。负责文教的同志要旗帜鲜明做努力。"

一说文教方面，大家都松了一口气。文教总是从长计议的问题，没有催命的紧迫。但是刚才提问的年轻干部又追问了一句：

"那么，这些宗教的头头脑脑人物，与我们抢夺群众，我们怎么办？"

柳专员笑了，这个年轻同志善于思考，很有前途。不像在座的大部分工农出身干部，听了他的讲话满脸茫然。他说："我们只能容忍他们的宗教活动，不能容忍他们的政治活动；只能容忍他们与党保持一致的人，对于抵制革命的人，我们必须采取断然措施。不跟共产党走，就是反对革命的道会门！"

他声色俱厉地说这几句话，正视四周，整个会议室被镇住了。他话锋一转，问了一个似乎无关的问题：

"本地有个佛寺？"

老陈说："是有一个，在南华山上，叫水月寺，离城十五里。算是本地一个名胜。"

柳专员问："那寺院的住持，叫什么玉通禅师？"

老陈说："就是。院里还有几名小和尚。"

"这个玉通禅师来历查明了没有？"

支队长接过话说："我们查过了，但旧县政府档案中对出家人没有记录。这个禅寺据说已有七百多年的历史，曾经重修过几次。"

柳专员说："你能肯定这个人没有反动劣迹？"

老陈与支队长相视了一下，老陈说："好像这个人从来不参与四川地方政治，此地民众，不记得法师出过山门。"

柳专员脸色都变了，他觉得这个老部下，太不懂政治。他说："一个月前我邀请本地知名人士参加统战工作会议，这法师竟然拒绝来，也是以同样理由。这就是个态度问题！他或许也不参加军阀应酬，但是对共产党，不是给不给面子的问题！更不是给不给我面子的问题，共产党是人民的政府。他不要我们代表，他就不是人民的一分子！"

老陈一时语塞，不知怎么答复为好，他说："那么，那么……"

"革命的过来,反革命的过去!"

"难道这个玉通禅师是反革命?"老陈讷讷地说。

这不仅是愚蠢,而且是抵制,这个老陈,革命老本准备吃到几时?

柳专员全场看了一眼:"我们专区的人民是走革命路,还是进山参什么佛?我们能听之任之不管不问吗?我们专区的镇反成绩不突出,群众热情不高,就是由于我们自己队伍的认识不清。"

"那么,怎么办呢?"老陈说,他的确有些茫然了。

柳专员站起来,他明白内部思想问题急躁不得,不是一个和尚的事。他说:"上午会开到这里,下午各个部门讨论省委精神。"

老陈宣布散会后,大家站了起来,纷纷出门。柳专员这才看到妻子脸色苍白,坐在角落里。他走过去问:"这个会开得太长了?"

"会很有意思。"妻子说,"不过空气有点闷,出去吹吹风就好了。"

"这些烟鬼!对不起,今天我也抽了,为了提神。"柳专员说。他平日烟酒不沾,昨夜没有睡好。他把妻子从圈椅中扶起来,两人一前一后地朝后院走去。天气阴暗,她注意到盆栽茶花开始枯萎,地上掉了不少花瓣和叶子。

柳专员原以为妻子下午休息过后,会好过一些。但是他下午开完会回家,妻子躺在床上,脸色苍白,喘不过气来,很难受的样子。他急忙叫齐军医来。

警卫员带来齐军医,一个眉清目秀的四十来岁的男子。他来了之后,仔细地检查,可是没有发现什么异常情况,他判断是胎儿在母亲的肚子里踢脚,弄得孕妇感觉上很不好受。"不过胎位很正。"

柳专员跟齐军医走到院内,低声问:

"可能会有什么问题呢?"他知道刚才医生当着妻子面,不会全说。

"可能身子本来就虚,"齐军医说,"说实话,她不应当来良县。还有一个月就是产期了,不妨等等。"

齐军医本是川军起义军官,留用在解放军进川部队军医院,医术相当不错,所以柳专员点名要求他一起到良县来,照应这整个干部队伍。齐军医神情忧郁地说:"这个地方,本来是瘴疠之地,血气过重。"

柳专员微笑地拍拍他的肩膀:"你现在也是革命干部了,不要说不符合马列主义的话。"

齐军医不好意思地一笑,说:"领导批评得对,我要加紧学习。"

柳专员送走医生，转过头，看到良县市街之后的山地，云气正在翻卷，山峰早就被云盖住，然后整个山脉被裹在白气之中，天转眼就暗下来，跟黄昏一样。他转头面临长江雾烟，如一张奇大的厚毯子压到江面上，连江边那雄壮的拉纤号子声都变得闷声闷气，而江涛的吼叫如狼似虎。

他心里想，这个鬼三峡，什么都不顺。一定要想办法，把这一轮运动做好，做出色些，等机会调出去，总不能一辈子留在这里。

12

从山上下来，陈阿姨说从小走惯了山路，倒觉得越走越精神。柳璀觉得相当困难，陈阿姨面相是老，身子骨却健朗。

陈阿姨说下午还要去医院照料丈夫，换回蝶姑，她约柳璀晚饭后见面，叙叙当年旧事。她拉着柳璀的手道别，神情非常慈祥，充满了喜悦。

晚饭后见面——这正中柳璀下怀，她很想听听那些旧事。她知道陈阿姨没法请她吃饭，而她请陈阿姨到金悦大酒店楼层餐厅吃饭，恐怕也是不方便的事——她已经领教了这母子俩的自尊。

她想，这样安排也好。晚春初夏时分，南方天气已相当潮湿温暖。山上走一遭，她感到疲倦，午后可休息一会儿。

柳璀告别了陈阿姨，她站在了良县堆满货品、垃圾破烂的滩岸上，有种说不出来的怪怪的感觉。年轻时她走到过这样的地区，大城市的贫民区。但最近二十年的生活中，她从来没见过这样的地方，不像伦敦的东区，纽约的布朗克斯，那里是建起了却无法照应而落入倾圮。这里，仿佛像个游牧人营地，一切不必理会，只等明天走人。

老远就看见了良县政府白楼，在一个高地上，实在美轮美奂，洁白如玉，晃眼一瞧，以为是美国的国会大厦，要多少官僚这么大房子全用上？正面宽大的石阶下是浣纱路，东西向的中央马路，前面则是一个中心花园广场。三边都是明晃晃的新建筑，大概都是一些公司企业的办公楼，建设银行是这街上最耀眼的一所高层建筑，黑磨砂的石铺面，玻璃门。

柳璀将"金万两"取款卡插入取款机，心里想自己也没有带多少钱出来，也需要一千备用，所以准备取现金六千。输入密码后，卡被弹出来。再试一样。

营业台长贯全厅，全装着防弹玻璃，可是只开两个窗口，有几个人排队等着。她取了号码，也等在后面。

轮到她了，她拿出取款卡递上说："厅里那取款机好像不能工作，我提款，有急用。"

营业员是个小姑娘，听到柳璀的话后，转身与旁边的几个同事叽里咕噜说了一阵，然后一个年龄稍大一点的女子过来，对柳璀说,这个银行门市部刚开张,业务有限。新式的通用取款机是来了,她指指里面一大捆包扎起来的东西,但是还没有完全装好,尚未投入使用。

柳璀说:"那就从柜台直接取款。"

对方看了看柳璀的卡说:"现在只能办理同一银行系统取款,不接受异地异行取款。"

"怎么这样?"

"这是规定,来提意见的人多了,上面或许很快会改的。"她建议柳璀去重庆取一下钱,来回不过一天时间,如果坐气垫船的话。

柳璀眼睛瞪大了:"来回不过一天!"她刚想说这个地方观念实在太落后,但想到这么一个不新不旧的城市,有银行就不错了,她作为一个外乡过客,实在没有权力批评。用西方的标准批评自己的国家,这种事不能做。

如果实在没有办法,可能就去走一趟,陈阿姨有特殊需要,为什么不能去一次呢?

13

回到金悦大酒店。打开门,房内地毯上有个酒店的信封,打开一看,是李路生的电话留言,叫她回电话。把条子扔进纸篓,她洗了一把脸,觉得有些累,就把枕头重叠起来,脱了鞋,半靠在床上。

突然想起早应当给母亲一个电话,她拿起电话。电话响了,没人接,留言机响了。于是她说她在良县,拿起一旁的酒店客人须知簿,把电话号码房间号码说了。母亲肯定没有想到,她第一天就到了要她来的地方。

有一次母亲过生日,就她和母亲两人。喝了点聊胜于无的甜酒,两人聊了起来。

母亲说:"你怎么会学基因工程这个大热门的?"

"你不是不知道,"柳璀嗔怪地说,"工农兵大学生,专业是分配的,叫我上生物系,促进农业生产。不是我选的,没问过我。"

"行了行了,我不是问这个,我是问怎么会那么巧,你研究怎么做一个人出来。"

柳璀笑了:"那是医学院妇产科或宗教学。"

母亲说:"不,我是说,为什么一个人能成为'这一个人',怎么会由你们决定?"

柳璀没想到母亲的思想还会转到哲学上去:"恐怕不完全是基因决定的,后天的因素起的作用更大。"

"当然,当然,"母亲讨厌俗套话,"社会存在决定社会意识,不说这些老话。我是说,基因就是先天决定了一个人怎么也改变不了的命。"

"不错,我长得这么难看,就是你的错。"

"小姑娘,别撒娇。都知道你是校花。"

"'文革'时绝对没有'校花'这一说,私下也不能说。"

"行了,李路生最后就是奔校花来的。"

李路生是一个很奇怪的人,跟他的父亲李伯伯一样近一米八高,长相不属于那种帅气的类型,可是迎面走过也让女学生眼睛一亮。他比她高一个年级,不管在家在学校,一直把她当亲妹妹,自然就从未往这方面想。只是当他看到学校里其他男生追她那个劲,把他的冷静劲儿给打翻了。他的同学要约柳璀出去看电影,被他知道了,他急了,在结冰的未名湖上截住柳璀,找她摊牌。

那是个冬天,斜阳早就落下地平线,他们算正式谈恋爱了。其实她回想起来,恐怕早晚是那么一回事。她也热爱劳动人民,但一直不太喜欢真正的工农兵同学,他们都有点儿小家子气,知识不够,目光也短,小事斤斤计较,做什么都少了决断力。

"干部子弟通婚,是再自然不过的。别人到这一族里来不会好过。"母亲说,"我只是想说,这是否也是一种近亲通婚,会凸显基因缺陷?"

柳璀大笑起来,她知道母亲脑子很快。她一向佩服母亲把话说得幽默好玩的本领,不像自己那样语言乏味,而且应对太慢。母亲继续说:

"'后门进来也有好人,前门进来也有坏人。'毛主席都说了。干部子弟也是好坏基因都有。"

说罢母亲轻笑起来。柳璀可以想象父亲当年要把她驯服,会有多难。大学生到解放军部队做慰问演出,父亲一眼就看中了母亲。慰问团的领队——学校校长做媒,可是母亲很犹豫。校长说:"眼睛放长远些,这门婚姻,不仅对你自己,也对你的孩子好。"母亲也就投降了。

"前门只要打开,我一样考得上,"柳璀说,"现在反而弄个工农兵大学生的帽子,哪怕有个洋博士头衔,也遮盖不住。"

不过柳璀心里明白,她和李路生的确事事占了先。二十五年来中国转了好几个弯,每次转弯时,他们都占了个上风头。这倒不是有意的:他们预先闻听高层内部的动向,预先能嗅到风朝哪边吹。没等到大学毕业,"文革"还没有结束,她和李路生就抛开一切专学英文。李路生先由水利部派去美国留学,然后是她出国。那时一般人家的子弟还在十多年的第一场高考中,为百中取一的机会拼抢。她留学修完生物本科学分,再读基因工程研究生。李路生学的是工程规划,拿了一个MBA,就赶紧从美国回国。他到国内站住脚时,国内学生的出国热才开始冒出一点儿势头。

三峡争论还远远没有开始时,李路生已经是水利电力部主管、三峡规划的计划处副处长。三峡工程的争论正在上劲时,他参与主持工程的几次计划制订。

等到柳璀读了近十年洋书，拿到博士学位回到国内，发现丈夫已经是全国最大工程的关键人物。他被提拔为长江水利局副局长，兼平湖开发公司总经理。

电话铃突然响了，柳璀翻过身，伸手去拿电话。一听，不由得眉头一扬，怎么又是李路生。不错，这个人至今还是她的丈夫。但没有办离婚的丈夫也不能骚扰不休，非要她回到他那个花红柳绿的坝区去不可。

为什么她不能留在她想留的地方？

柳璀来了气，准备就跟他论论这个理。可是李路生在电话那边说："小璀，我怕你离开良县。没走就好。我给你留了录音，你没有回答。"

"怎么？"她一下子语塞，出乎她意料。她一看，那电话机的确有留言信号：有个键在闪红光。

"我留言是让你别走，我争取今晚赶过来，最迟明天早晨。"李路生和颜悦色地说，完全不提那个被柳璀挂断的电话，像没有那一回事似的。

她迅速看了一眼这个房间特别大的床。"你来干吗？"她一句话直截了当地堵回去。

这是她出生的地方，跟这个人无关，她最不需要在这里跟这个人纠缠不清。

李路生说:"我有事:明天一个港商团和一个台商团都到良县,上午参观,下午协商,晚上宴会。"

"跟我有什么关系?"

"跟你没有关系。"李路生说,"只不过我想见你。你来坝区正好与我错过,我是有责任的。你正好在良县,我不愿意再次错过。"他的声音好像很恳切。

这个男人够耍赖的,有话要到良县来说干什么?她没有心思谈判,这也不是供谈判的题目。柳瑾想,最多不过再重复一遍昨天在电话里吼的话,未免无聊。

她正在想怎么才能摆脱这个男人,忽然想起来陈阿姨的急事,没有仔细想就突然冒了一句:"你带五千元现金给我——我要买点东西。"她添了一句,"艺术品,古董。"

那边说:"肯定带给你。"电话就挂了,似乎有意不给她一个反悔的机会。

柳瑾迟迟疑疑地放下电话,感到自己有点儿莫名其妙。怎么就轻易同意李路生的无理要求了呢?是不是自己给自己找了个台阶下来?有什么必要那么快向这个不知羞耻为何事的男人投降?

她不是那种男人一说软话就放弃立场的人。她很后悔,对自己很生气:怎么如此没出息!

柳瑾拿过夹子里的导游地图,印刷粗劣。导游文字夸张花哨,让她看不进去。不知道她与李路生的两人问题,到底应当如何解决,或是有没有必要解决。如果要她说出一二三,恐怕不知道第一步怎么走,恐怕这就是为什么她没有用脑子想,就给了这不是东西的男人一个台阶。

不过,取到了钱不等于就要跟他谈判。可以拿到钱就走,到别的地方去,她并非没有退路。

她叹了一口气。手插进裤袋,感到里面有个纸团,就掏了出来。一个外省城市来的走穴的什么歌舞团。"靓女俊男,劲歌猛舞,盛大开演,慰问水库。"上面印着一些穿着暴露的女人照片。

她想起来了,在走往新城时,有几个女人站在街头,见人就塞一张。拿到的人看着照片淫猥地评论——她听不懂说得太快的川语,不过大致上明白是一些下流笑话,好像是说这个那个女"歌星",花多少钱可以睡一睡之类。

她把广告扔进房间里的废纸篓,心里却有点羡慕这些生命力鲜猛的百姓,他们干苦力活儿,打完麻将,弄些男女之事。而她呢,除了她的实验室之外,生活之中没有什么乐趣,连一只小猫都没有。很久也未去看一场戏,听一场音乐会。从研究所回到家,吃过饭就上床看书报,十点看卫星电视的新闻,眼睛迷糊,就自然睡着了。这样生活一辈子也很好,完全不需要什么男人。

直接来到江边,这个泥滩,离码头有一些距离,没有停那么多拖轮、驳船和旅游大轮船。她这是第一次走近看江水,这才发现长江水真脏,就像她没走近看丈夫一样。

江对面的小岛,只是个有支流江水隔开的浅滩,上面好像种了点什么,也有几排棚屋。

看来水库开始蓄水时,这个岛就会消失。三峡沿岸近五十年唯一的一点儿建设,都是临时性的农田之类,虽然三峡工程1992年才由人大批准,这沿江一带却认为,反正早晚要上马,没有必要让投资落到水下。别的地方争论得真像那么一回事似的,对这里的干部,水库工程不上的可能性根本不存在,或者说,没有水库,他们就不存在。

两个抬氧气瓶的工人,叫嚷着"让开!让开"!柳璀只能站到斜坡上。

木船都在等着生意。一群旅客进了一条已经发动了引擎的船,没一会儿,那船就朝上游行驶,钻进陡峭的峡谷之中。

当年母亲追到良县来找丈夫,至今那个还是她丈夫的男人要到良县来找她!现在世道真翻过来了吗?

14

母亲当年坐船顺水而下长江。母亲说过,那时江石生有青苔,水碧绿透彻，水里漂浮着通体透明的桃花鱼。

柳璀知道那种特殊的水母已经不可能生存，长江的水质现在已经大大地恶化。可是当年的专员公署大院或许还能找得到——母亲叫她"顺便"看一看。

她一步步问当地人。看来连这都是奢想了。当初的围廊平房早就被改成机关的水泥楼大院，良县政府机关又率先搬进堂皇漂亮的新政府大楼，看来良县领导对拆房子特别积极。其实离2009年全蓄水还早着呢，只是借这名义提前大兴土木而已。良县政府的水泥房子都已经部分拆毁，余下部分，现在用作"灭鼠办公室"，县府后院堆了从船上一箱箱运来的新超效灭鼠药，正院里挤满了领药的人，只收点象征性手续费。

柳璀看着闹哄哄领药的人群，很难想象当年专员署的格局，那些回廊，那些庭院的精致雕木结构，院子里花树盆景，一年四季鲜花不断，早有雨露，日有阳光。

柳璀想象母亲怀着她，挺着大肚子的样子：母亲的脸非常温柔，这个剪着短发的女子，从重庆一人乘船到良县，老远就看到绿山坡上一片灰黑，船靠近，才看到黑瓦、发霉的石墙和木头板房。那冒出平瓦房顶的法国教堂尖顶，抬头看，看到远处起伏的群山峰巅。

专员公署非常气派，有点像她娘家的格局，院里有葡萄藤架，牡丹开得尤其艳丽。良县比她想的要好得多,而且历史悠久,有邮政代办所和电报局,有长途电话,有四所学校,还有个天主教女校,这使她觉得没有与世隔绝。

母亲有一次无意走进城墙外一条街,街道全是石块砌成的。太阳落入西山,街上人点起油灯。人多起来,穿得红红绿绿,女人头发上盘了好多布。有家院子前热闹异常,几个青年男子头上盖着头巾,正在跳丧,他们走的是女人的步子,手舞起来时是兰花指,那拖得悠长的唱调,唢呐手吹得满头大汗,边上看的人又哭又笑。

她觉得累了,就进了一家茶馆,那儿人也不少,装束奇异。一个老太婆走过来,对她说:"妹儿,你初来乍到,哟,有喜了,喝尖儿吧。"

不一会儿那盖碗茶端上,一少年手执长嘴铁壶,远远地吊水到碗里。她一边喝茶,茶很像板蓝根的味儿,有点涩,不过留在舌尖有些回甜。从茶馆望出去,垒起的石墙,开了很多紫茉莉。

大雨倾盆而下,她困在茶馆里。不远处有叫声,她在茶馆屋檐下,跟着声音看去,是猴子,主人就是那老太婆。天突然暗下来,有声音从山林那边而来,非常尖厉,听起来非常哀伤。

母亲回到家,丈夫很焦急。丈夫说,是前清旧街,你大着肚子千万别再去那儿。那是山里的土家和苗民节日出来赶集的地方,没开化,野得很,尽搞些神神怪怪的事。

母亲听了没有不高兴,觉得丈夫很关心自己,院子里有许多竹子。她经常在那里散步，翻看几本新文艺书，等丈夫回来。

离开北京的那晚，母亲讲的事，大多发生在柳璀出生前那天：在那前几天，母亲觉得特别不舒服，脚肿得厉害，只有向妇联请了假。

那天半夜有人敲门。柳专员点着煤油灯在读各县区的汇报，手指不安地在纸上弹着。院子大门敲得很急，很响。柳专员脸阴沉着站了起来：妻子刚感觉舒服一点儿，睡着了，这下子又惊醒了。柳专员摸了摸已解下放在床头的手枪，那敲门人已进到后院里，正在和警卫说话。

柳专员打开门，走了出去。是驻军支队长来报告任务执行情况：说是柳专员下令搜寻的女恶霸红莲已经找到，在南华山中被路隘口埋伏的哨兵抓住的。

负责这些事的武装部长老陈后一步也赶来了。支队长肯定是因为抓住要犯来报功，原以为难以索查，是漏网之鱼，成了个破案难题。

柳专员刚要批评大惊小怪，抓住一个妓女有什么了不起的，有什么必要半夜报告？但是那个地名引起了柳专员的注意。

"南华山？"他问，"抓住人的地方，离水月寺庙有多远？"

老陈说："就在进香客上山的那条路上。"

"那么说，红莲是在禅寺抓住的！"柳专员说。

老陈更正说:"不是在寺里,是在寺外的路上。"

"那么她正从寺里走出来。"柳专员说。

"我就不知道了,"老陈说,他看看支队长。兴奋的支队长也被这一串问题弄糊涂了。

柳专员想了一下问道:"人在哪里?"

"还在山里。我们让他们明天再解过来。"

"立即在专员公署警卫排抽一个班的兵力。"柳专员转身对老陈说,"精干些的,全部党员,我和你们一起去。"

两个带兵官有点惊愕了,他不明白这个妓女竟然有那么重要。

"天太黑,"老陈温和地抗议说,"本地士兵才能走山路,我们的老兵不行,新募的本地士兵中还没有发展党员。"

"执行命令,"柳专员根本不理睬他的抗议,"快,你们分头去准备,十分钟出发。"

他转身回屋,看到蚊帐里妻子惊恐地半爬起来。他对她说:"小事,别怕,比战争年代危险少多了。我一会儿就回,你先睡。"

柳专员穿戴好就走了。

母亲一夜没有好好睡着。她忐忑不安地等了整整一夜,迷迷糊糊睡过去几次,有一点儿声音就马上惊醒了。

柳专员走了很长时间,几乎整夜没有回来。等到他回到家里已是拂晓时分,全身衣装沾满污泥。他取下手枪皮带,母亲赶快穿上衣服，给他沏一杯热茶；她又帮助丈夫脱掉又湿又脏的衣服，找出干净的衣裤来。柳专员却让她上床去，说他自己能处理。

警卫员去伙房打点温水来，他稍做洗漱，换上干净衣服，就吩咐警卫员站在门口，别让任何人打扰，上午八点准时叫他起来。他要补一下睡眠。然后就躺到床上休息。

丈夫一上床就睡着了，打起鼾来。母亲却没有上床，她真心疼他累坏了，情愿代他守在门口。这时听到街上有动静，似乎市嚣来得比以往更早。这一天是良县十日一集的日子，这一带乡间恢复了和平，但城里商人还是没有全力投入营业，集市就十分兴旺。她索性到外间屋子梳洗。警卫员在院子里与人说话，好像在劝说他们，她就走了出去。

看见母亲出来，警卫员才说他把好几批人拦住了，免得影响柳专员休息。

"他们说红莲被抓住了！还有玉通禅师。"警卫员忍不住告诉她，"警卫排现正在城外押着人，消息全传开了，全城都知道了。今天赶集人特别多，现在全拥在街上，说是马上要带他们进城。反动派就是男盗女娼的东西！"

母亲立即明白过来，昨晚丈夫赶到山里去是为了什么。鸟在吱吱叫，云层压得极低。她心里突然一阵不好受，胃翻腾得厉害，很想吐，就移往门槛边，扶住门框。

警卫员没有看到她的反应，还在说，正在这时院子里又响起敲门声。

她看着警卫员说:"轻声点去拦,别吵醒老柳。"她觉得口干舌燥,很想喝一口水,就转身朝自己房间走去。

母亲轻轻地走到桌子前,不小心把镜子弄倒了,哐当一声滑过椅子掉在地上。声音不大,但是柳专员听见惊醒过来,光线刺激他的眼睛。他举手挡住,那个神情,像个需要怜爱的大孩子,像还在重庆追求她的那个憨厚的军官,他对城里漂亮的女人暗中有点儿敬畏。他后来对她说,他当时都不敢和她说话,第一次介绍见面,他比她先脸红。这让她有些感动,一个久经沙场,为人民出生入死打下红色江山的人,在她面前还如此腼腆害羞!

母亲拾起镜子,没有碎,可是裂了一条缝。她呆坐在椅子里,"对不起,吵醒了你。"不过她的话等于白说,因为外面已经开始人声喧哗。

这声音提醒了柳专员,那稚拙无助的神情很快消失,他马上变成这里的首长。他伸手拿怀表看了一下,就从床上跳了下来,匆匆穿上外衣。

母亲想说什么,可是说不出来。看到母亲惊恐的脸色,柳专员明白她要问什么问题。他看着妻子的眼光,忽然变得肃穆阴冷——他从来没有这样看过她。母亲更加语塞,不知道如何开口,而且也弄不清全局。

她默然将一碗稀饭端上来,不等她递上榨菜,柳专员就将稀饭灌了下去,他又吃了第二碗。房间里气氛非常沉闷,他不说话,母亲也不说话。

驻军支队长在屋外叫柳专员,说已经准备好了。柳专员放下饭碗,起身与他一起往公署厅走去。

她从敞开的门望出去,他们已经穿过围廊进入另一个院子。她站了起来,想了想,也跟着走了出去。她无法走快,在那个水池前,她还坐下来歇了一口气。

那些正在办公的干部,却已在署厅——会议室里了,三五成群地说话,他们已经无法走到街上去:街上已经人山人海,看见干部,他们会围上来打听。干部不知如何答复好,在这群情汹汹的时候,他们需要先听领导的布置。

柳专员看看干部们,果断地说:

"镇反小组、妓女工作小组留下,其余干部请照常工作,坚守岗位,没有什么大事,一切都在正常工作范围之内。"

等到会议室里只留下有关干部时,他简要地介绍了一下情况,布置宣传要点,公审大会组织工作,起草给省里报告等事务。

母亲没能到会场,觉得人很不舒服,而且天转眼间变得像死鱼眼睛那样泛白。她走回空荡荡的后院,街上越来越嘈杂,她心里一阵阵紧张。突然院子里喧闹起来,连串嘈杂的脚步声,人都说从街上扛进来了。围观人太多了,她担心肚子里的胎儿,就只站在回廊上,不敢往前挤。

她听见柳专员愤怒的吼声,声音很大:"解下来盖上!成何体统!"

拥进专员公署的人越来越多,打翻了花盆,踩坏了刚刚发出芽的雏菊。那些人的脸上很兴奋,眼睛发着亮光,高声地抢着说话。柳专员叫大家安静,他说:"我们要注意政策,千万不能随着性子来,即使对反革命,也要注意我们党不虐待俘虏的一贯政策。警卫排在这里警戒,陈部长到会场做布置。犯人先关到武装部拘留室去!"

母亲感到胸口堵得慌,气都喘不过来。她回到房间里,大概是睡得不好的缘故。她还是弄不清是怎么一回事,想让警卫员叫陈姐来陪她一会儿,可是警卫员一个都不在。她想陈姐这会儿一定忙得不可开交,发动群众,布置会场。她一个人坐在桌子边,肚子饿得厉害,试着吃点稀饭,可是仍难以下咽。她去食堂,本想找点菜汤喝,那儿一个人也没有,可能都去看热闹了。她挪着步子,回到屋子里,靠着床头斜躺。

其间,柳专员回来了几分钟,只跟她说了几句心不在焉的话。他来拿他的手枪,说是要去公审大会场地检查一下,他不愿意看到这关键性的一着有什么闪失。刚跟省委通了电话,已经同意了他的处置,他没有说具体是什么处置。母亲刚准备问他时,他就匆匆走了,连门都没有关。

母亲叫住他,说她今天很不舒服,请他早点回来。

他有点儿生气地回过头来,但按捺住自己,只是说:"正是革命关键时刻,你也应当配合一下么!"

母亲望着他的背影,觉得今天肯定要出事,她有预感,今天不对头。

公审大会在市内,离公署有相当长一段距离。母亲能听见一些远远的闷雷般的呼喊,她没有参加过公审,只能想象。腹中开始尖锐地刺痛起来,肚里的婴儿以前一直有点儿动作,但从来没有这样伸臂撸腿,似乎怒气冲天要从水牢里打出来。她的呻吟不时变成惨叫,但是这孩子似乎更加痛苦。这时警卫员经过房门,母亲赶快侧过身子,叫住他,哀求地说:

"你去告诉老柳,再叫一下医生吧。"

警卫员气喘吁吁地跑回来,说是找了柳专员,他叫警卫员先去叫医生。而医生说一会儿就到。柳专员正在主持公审大会,人民群众控诉的激情如火如荼,群情沸腾,正在节骨眼上,马上要专员做总结讲话,进行宣判。柳专员请妻子千万忍受一下,他开完会就回来。

"会什么时候开完?"她躺在床上问。

警卫员很有经验地说:"肯定是把人枪毙了才结束——"

她一听,禁不住吼喊:"要枪毙才算结束呀?"她痛得泪水满面,"什么时候才枪毙呢?"

"公审完了,立即就地枪决。会场上用沙包堆成刑场。"

母亲这才想起来,丈夫一再说要检查现场。她的嗓子沙哑地说:"那要什么时候完呢?"

"马上完!"警卫员被问急了,"马上就完!"

猛地,她醒悟过来,停住哭喊问:"枪毙谁?"

"反革命分子呗。"

"谁?"

"不就是昨天抓到的和尚和妓女?!"

她一愣,自己完全缺乏经验,当时听丈夫中午说已布置好时,根本就没有猜到会是这样的结果。她突然撑不住了,呕吐像喷射一样冲出来。

警卫班士兵奔跑进来,满头大汗,说:"齐军医正在忙着,陈姐也快临产了。他说马上就好,马上赶过来!"

又是一个"马上"!母亲大哭了起来,这孩子真成了要命的事。她伸出手抓住缩在床边的蚊帐一角,狠狠一拉,蚊帐就滑落下来,盖了她一脸一身。

"医生说陈姐突然临产是没想到的事,她还未到产期。"警卫员知道又要白跑一场。

母亲这时候听不进别人的事了,她只能自己一个人对付这局面,反而镇定下来。她掀开蚊帐,只能想怎么渡过自己和肚里的小生命的生死之关。

正在这个时候，远远地传来山呼海啸般的吼喊，翻过院墙门窗而来。

母亲只觉得胸口越来越重。只是这么一瞬的停顿，肚子里的孩子又开始扭着她的肠子撕咬，汗水把头发衣服全部打湿了，她没有听见会场上像鞭炮那样轻微的枪声，和人们情绪激狂的呼叫。后来好像又有几声枪响。

她一门心思在控制自己："你要支撑住！"她对自己说，"你一定要支撑住！"

15

接连几家餐馆，桌上都装有火锅，大都四五人一桌，有的是围满一桌人在吃。到处听得见人们在谈论老鼠闹得如何凶，说旧城腐烂的死鼠太多，苍蝇叮过，就会传染给人，手脚会发出红斑，而且脾气暴躁。

人们争论不休。有人说，现在的毒耗子药不厉害，以前那药耗子吃了，十步之内必倒地。有人反对，说一月前天山里的农民就用这耗子药，毒死了一个贪得无厌的村干部，警察赶到抓他，他已经毒死了自己，惨得很！

看来全城一致同意，吃火锅高温消毒，绝对安全，所以火锅店最近生意兴旺。

柳璀不觉得老鼠是个问题。在这里能传染疾病的，其实未必只有老鼠。但她不敢大意，觉得肚子还不太饿，即便饿，她对那些又辣又麻、翻腾着的火锅还是不敢试。

有的店挂着牌子，粉笔写着：新鲜河豚，峡江名菜。听母亲说过，吃河豚最佳时，应是清明节之后的"黄明节"。良县厨师其实最会做河豚，那些人做河豚却很讲究，当街剖开河豚，取出最毒的部分肝、鱼子以及眼睛，一样一样仔细地摘下，弄破了其中一样，都不能要。店里的人瞧见柳璀在好奇地观看，就劝她吃一次试试。

她笑笑，算是回绝。还是回旅馆用餐比较卫生。

路过一家小书店，看上去装潢还不错，堂而皇之地打着广告"新书五折"。她抬脚走进去一看，都是畅销全国的书，竟然都是盗版。她在报纸上听说过南方卖盗版比北方猖狂，没想到如此明目张胆。她避开那些时髦货，挑了一本无版权可言的明人笔记小说。

店主很高兴有人光顾，他说这地方看书人少得可怜，一天能遇上一个读书人就是谢天谢地。

出书店后，她顺着新城的大玻璃窗走。一拐过街口，就看见了金悦大酒店醒目的招牌。

这里的一切似乎都等待着三峡水库建成，一切都悬在这个希望上面，时间都似乎停止了，到处都挂着"开始蓄水倒计时"。金悦大酒店三十层楼顶上，有一个"东方明珠"式的铁塔，也悬挂着倒计时的大霓虹灯,上面的秒数不停地闪动,真是个争分夺秒的架势。而在那个旧城,人们似乎都在梦游,一切都在等。时间一到,过街的老鼠突然就变成了王子。

柳璀来到二楼西餐厅,点了一个意大利通心粉,一份牛肉蘑菇汤。一看表,已经是下午一点半,难怪没什么客人。但是两长排女招待照例笔笔挺挺站在那里,穿着传统的丫头对襟衫,毕恭毕敬地站着,这顿中饭她们可能就已经站了两个小时了。

柳璀很不习惯中国新富的封建派头,在北京凡是看到这种排场的饭店,她掉头就走。在这里,她没法选择,只能忍受着这些"仆女"为她站着,她们没有采用南方沿海一带盛行的跪式服务,就算万幸。

菊花茶端上来。等菜时,她拿出地图来看,背上却有一点儿感觉:服务台有人打量她,她朝那边看过去,人是有几个,却没有朝她看。这个酒店里的住客,看来大多是生意人,或是工程技术人员,一个个都是西服笔挺、气宇轩昂的人物;女客也都是注意仪表的精致角色。她本人没有什么特殊的地方,除了一点:没有她们会打扮。

柳璀喜欢原色,拒绝鲜艳图案的衣服。不管里面是裤子还是裙子,外面都加件宽松的黑风衣。用母亲的话来说,柳璀把自己好好的身材遮没,成了平平板板的职业女性。

她没有高傲到拒绝任何化妆,总弄到让人看不出来她在脸上涂过什么,画过什么。每次抹口红,都要用纸巾沾到看不出有口红为止。

她想,大概是她穿得太随便了,所以反而引起人注意吧。

饭后,她小寐了一会儿,半睡半醒的。奇就奇在她睁开眼睛,觉得可以了,正起身伸出脚去找鞋时,电话响了。

"不会又是路生吧?"她想,"我已经让得太多,这个人应当知趣,给我一点儿空间。"

她让那电话多响一阵,才拿起电话。不是丈夫,而是一个陌生男人的声音,说的是本地蓝青官话,说是太打扰李总夫人,务请海涵,他是金悦大酒店的经理,不知道夫人对他们的服务有什么特殊要求,他们一定努力做到。

什么"李总夫人"!柳璀看了一眼窗外那青山,这高层玻璃窗上不可能爬着人,难道上午她与李路生的通话被偷听了?在这库区还有没有隐私可言?可能那个阚主任手下就专有一班子喽啰,做这种勾当。可是,李路生已经知道她在这里,这些人有什么必要露底?

她想不出其中的逻辑。这人的态度太谦恭,她心里一乱不知说什么,就谢了对方,表示暂时没有要求。

她刚想放下电话,那经理又说:"如果方便的话,能否劳驾夫人移步下楼到大堂,我想拜见一下。"

柳璀这才觉得有名堂,强压着内心的不快:"这是李路生要求你们做的事?"

对方支支吾吾,没有直接回答。

她不免有些好奇,难道李路生这次一定要把殷勤献到底?让她心软下来,"降服"她?从送香水开始,整个班子全体出动来围攻她?他以前谈恋爱时都没有拿出这样的缠人功夫。

"那我这就下来。"柳璀说,她倒要看看这些人能满足她什么要求!她取掉进房卡,房间里骤然黑了,她有理由生气恼怒,这个天罗地网让人很不舒服。

她冲进电梯。"特殊服务要求"?这个旅馆虽然是四星,但设备装修得很不错,电梯挂顶里是无影投射小灯;边上镜框贴着餐食诱人的餐食、桑拿按摩美容院、健身房游泳池等照片,有点俗气。不过哪里的旅馆都是这样,五星的趣味也好不到哪里去。

地上擦得银光锃亮,地毯一干二净。浴室插有一枝红玫瑰,倒是相当有雅趣。这个旅馆的经理该是一个有点儿想法的人。

大堂里的棕色皮沙发上坐着几个男女。有的在看报,有的脸上一副等人的不耐烦,有的在聊天,想必要见她的经理就在其中。她径直朝旋转门走去,故意不理,看究竟是怎么一回事。但是她马上被叫住了,有人轻声柔气地在背后说:

"柳璀博士,请稍等。"

总算这次没有叫"李总夫人",她有点儿吃惊,此人知道她的学历头衔。她转过身来,看到两男一女,女的很知趣地往后靠,不知是秘书,还是其他什么角色;两个男的也都年龄不大,文质彬彬,西装领带也合适,色彩也协调,个个都是春风得意的新派人物。

"我是这里的经理,"一个脸显瘦的男的走上来伸出手,"姓郑。"他掏出镀金名片夹,弹开后,轻轻拈起一张,恭敬地递给柳璀。另一个戴眼镜的男子走了上来,他赶忙给介绍,说这是他的朋友,良县政府什么办公室的汪主任。

"柳璀教授,久仰久仰。"这个汪主任打听得更详细,连她在科学院研究生院兼课的头衔都知道。"能否请柳教授到咖啡厅坐几分钟?"汪主任说,"就在那边,几步路。"

柳璀望了望大堂另一端安静的咖啡酒吧池,不知该怎么样才能对付这个客气的主任,她还没有听清楚,这个人是什么办公室的主任。坐几分钟也未尝不可。她点点头。

两位男士很绅士地在前领路。那位女士则落后半步陪着柳璀,也不说话,只是面含温柔的微笑。

咖啡桌椅全是竹器,不过桌子中间镶有玻璃,压着本地民间绚丽的绣片。他们坐下后,那戴眼镜的男子才清楚地回答,他是良县迁移办主任。

迁移办，跟我有什么关系？柳璀眼一眨。

汪主任语气诚恳："这样，柳教授难得来此地，我也不愿意浪费你的宝贵时间，"没有绕圈子，说话也不亢不卑，"这里有个比较重大的情况：有人想借迁移费问题闹事。"

柳璀不快地看了他一下。她从来没有关心过什么迁移问题，只是大概听说过这事：好像是三峡静态总预算大概500亿，有一半是迁移费，平均在每个迁出库区的人身上要花上三万元。

"现在有人鼓动，主要是郊区农民，来迁移办索要现金。"他说。

"国家说好给他们多少钱，给他们就是。"柳璀一干二脆地说。

两个男人对视了一眼。汪主任说："柳教授看来不清楚，这每人三万，包括迁居地基建费、建房费、搬家费、路费、新区开发费等。国家政策是，等迁定了，才能逐个与迁移居民算清账。我们相信人民群众是明白这道理的，很多人一辈子没拿到那么多现金，表示非常感谢人民政府。"

咖啡端上来，冒着浓浓的香味。咖啡厅池有个台阶，上面出现了三个身着绿绸衣的少女，舞起来，柔和的灯光下，歌手唱的是电视连续剧里的歌《爱江山更爱美人》，柳璀往那边瞅了一眼，少女们半中半洋地扭着腰肢。

柳璀往里加糖块，用勺慢慢搅动，她说：

"那么现在有什么可闹的呢?"

"有坏人煽动说,良县政府挪用了这个钱做投资,做股票债券去了,而且投资失败,资金无法收回。附近几个区镇的人正在聚集,准备上街。"汪主任皱着眉头说。

"良县政府挪用?"柳璀不是傻瓜,一下子明白是怎么一回事,"政府里面什么人能挪用?你是迁移办主任,你最清楚。"她的话很尖锐,而且明白了找她没有好事,站了起来,"我实在外行,我不耽误你们时间了。"

那个汪主任也着急了:"李总说过的:三峡集资多途径多方面进行;现金如果存银行,定期利息才二分年利。投资能生利,浪费利钱就是浪费人民的钱!"

柳璀忽地转过身,尖刻地对他说:

"你找你的李总说去,我从来不问这种事,现在更不会沾边。"她站起来要走。

汪主任站起来,柳璀以为他真的要拦住她的路。但是他依然很客气,他只是说:"良县迁移办资金的流动情况,李总是知道的。"

柳璀听了这话,却不走了。她上上下下把这个汪主任端详了一番:"你的意思是,"她一字一字说道,"李路生与你们伙着把迁移费用来投机了?你能提出证据吗?"她又逼上一步,"有证据为什么不去给百姓看一下,让他们不必在良县闹?"

汪主任慌了，忙说："没有，完全没有这个意思。柳教授，请听我解释。几个坏人闹事，我们有足够的力量处理。我们只是希望李总今天晚上来，不会弄出误会。"

"什么误会？"柳瑾觉得这个汪主任越说越不像话，索性坐了下来，"你说说清楚，什么误会？"

看见柳瑾认了真，准备听，汪主任反而神情平静下来，跟柳瑾耐心解释：

"首先，李总要来良县视察，明天外商融资团各分团都集中到此地，这事谁也不知道，这些坏人却正好找这时间闹事，你说会带来多大损失？"

"总不至于是我告诉良县人的吧？"柳瑾嘴上还是不想绕过他，不过已经明白这人为什么急得那样。

"当然不是。不过正好柳教授在这里，柳教授可以看到我们是尽了努力的。"

柳瑾心里"呀"了一声：这些人费尽心机，还是要递一句话而已。

她看看这两个人，那酒店经理有意往后躲：这本来就不应当是旅馆经理的事，他只是帮朋友忙而已。看见汪主任脸上展开了会意的笑容，她更恼火了。

"我什么也不说！我完全不了解情况，说甲说乙，都可能是误报军情；我最后重复一次，我从来不管他的事。"她站起来，准备离开，"我一个人在这里路过，会会朋友，跟李路生没有关系。"她有些烦自己了，怎么卷到这种莫名其妙的事情中来，"我不会记得跟你们见过面，你们最好也忘记。"

汪主任却对她的话连连点头称是。他站起来准备送柳瑾，只是临告别时顺便说："柳教授到我们良县，我们应当尽量给予方便——或许柳教授对我们这儿的改良基因南青三号水稻普及播种的情况感兴趣？去年我们从杂交后代中筛选，让转位因子用同位标记做探针，再筛选带有同源转位因子的目的基因，实现了大面积种植，提高产量25%的成绩。"

柳瑾大吃了一惊，这个主任连行话都滚瓜烂熟。说实话，她对南青三号的种植情况还真的感兴趣：她刚看到一个内部报告，有人对这种改良基因品种的实际种植价值提出了挑战。她很少遇到基层干部对基因工程感兴趣，能说得出头头道道的，一个也没有，看来这个姓汪的小子还是个有心人。

"柳教授若有时间，我们可以去看看，实验田离这里不远，西山坡上开出的几十亩丘梯田，我们有意用了产量不高、条件不太好的田。开车去不用半个小时。"

台上竟唱起了英文歌，那些词有一大半唱错，也照唱照舞。柳瑾不由得抬起手腕看表，离晚饭时间还很早，反正她已经说明了自己的态度，谅这汪主任也不敢再用什么迁移费的事来麻烦她。机会难得，这个汪主任，迁移办的，是什么动机来管基因水稻，就不去管他了。

"高产种植,是安置移民的一个重要环节,"汪主任好像明白柳璀心里还有疑惑,"转基因粮食是我们工作的重点。"话说得让柳璀高兴。

16

不管柳璀跟汪主任一起出去是什么冲动,不久她就明白上当了。

汪主任兴奋地用手机立即布置。一辆不知藏在哪里的银色奔驰车开了出来,停在酒店门前。那车与这个半生不熟的城市完全不相称,跟这个旅馆倒是挺般配。

一直坐在一旁一声不响的女子,说是迁移办的干部,也陪着上了车。她穿着套裙,但是披了条法国皮尔·卡丹的花丝巾,妆化得极浓,眼影闪闪发亮,口红用了与丝巾一样的大红。柳璀看了看这个打扮过分的女干部,想起了陈阿姨和母亲当年那样的女干部,最讲究也不过是有束腰皮带的蓝卡其列宁装。她知道这是不能比的事,但是她不想与这个女人搭讪,就坐到了司机边上的前座。

车开出去五分钟后,她感到此行大为不吉。他们的车沿着新城最豪华的横贯大街浣纱路开,刚接近中心花园广场,就被一名警察拦住。

警察举手拦车，低下头看窗内，问司机什么单位的，说不得放车过广场。但马上他看到了汪主任，就敬了个礼，让开了路。柳璀没有懂他们说的话，没有注意听。她发现前面街上好像有什么事，好多人簇拥在街道上，面对良县政府机关那实在漂亮的新大楼。

当车子缓缓驶近时，柳璀发现那大群人中间，有人手里拿着一些东西，好像是大信封，上面写了一些字。有近百人在政府机关白楼的石阶下静坐。拿信人的前面有一排穿制服的警卫，那石阶前也有警卫，这样车路还是畅通的。

汽车停了下来，汪主任给司机关照了几句话，就推开车门走了出去。

柳璀明白他们不是碰巧路过此处，看来他就是直冲这个地方来的——这个迁移办主任就是想把她拖在场。"向群众解释"，他有意将柳璀拖过来，仅仅是让她做见证人。什么目的，她还不十分清楚。

她想起来这个汪主任费尽心机来找她，原先就是说为了有人就迁移费问题闹事。这不就是到了"闹事"地方来了吗？

柳璀懊悔自己一口答应了汪主任去看南三号水稻。汪主任不会毫无原因地对基因工程感兴趣，更不会在慌乱的时刻，有这等闲工夫陪她去看什么试验稻田。她早知道自己的毛病——这门专业，行外人所知太少，在她看来，对基因工程人人应该感兴趣，整个世界将发生剧变，但是一般人只是朝她翻白眼。

柳璀问司机朝什么地方开车。

司机说不走,就停在这里。

后座的那位女士,觉得柳璀可能在担忧,就说:"不碍事,就在这里很安全的。一会儿汪主任就回来,我们就去西山坡。"

既然是"闹事",柳璀马上联想起电视新闻上出现的图景,世界上任何地方闹事,先砸汽车,翻过来,点一把火烧起来。把这么豪华的一辆车停在这里,不是自己找事吗?应当及早驶走。不过她已经不想弄清楚这些人在干什么勾当——她现在明白一旦她的"夫人身份"暴露,在这地方就没安静可言。

想到这儿,她实在无法坐下去,也不想去看那个什么鬼水稻。她猛地一下打开车门,那位女干部刚想跟她说什么,手一伸好像抓住她似的,她却已经走了出去。女干部也赶紧走出汽车,站在马路上,却没有跟上来——没有命令,她不敢做任何事。

她只想躲开这个汪主任搞的名堂,匆匆朝人较少的对面方向走。但是走了一会儿,她觉得不对,人群中冒出一个她熟悉的面孔,在挤挤挨挨的人群中一闪而过。她停住了脚步,街这边地势较高,朝人群那边望过去,汪主任正在那儿"做工作",用本地话激动地说着什么。他尖锐的嗓音,片片段段这边也能听到。那些静坐的人都站了起来,大部分人在听,有的人在情绪激动地反驳。见人群开始骚动起来,开始推推搡搡。

那张引起她注意的脸是谁呢？在这里她能认识什么人？其实只要走出了库区干部圈子，谁也不认识她，她是个安全的旁观者。没必要非躲开不可。

那张脸，对了，最普通不过的半乡下县城人，理了个平头，永远带着谦恭的神情。她想起那是陈阿姨的儿子，叫什么月明的？他不是在山上庙里涂描山水吗？

柳璀故意躲开那辆奔驰车的视野，来到街边一个挂着柯达广告相片店前。那店有三步台阶，她走上去回头看。人群中那张脸被围观的大大小小的脑袋遮蔽着，只是有时才显出来。对，肯定是月明，他还是穿着那件中山装，只是洗干净了墨迹，或许是换了一件。

陈月明怎么到了这儿？他来做什么？她干脆走下台阶，走进人群之中。人群中大多是男人，有一股汗味。她这才看清楚，月明手里也拿着一封信，很大的牛皮信封。在越来越喧闹的人群之中，他没有做声，只是神情异常焦虑。她再挤近一点儿看，拿着信的人实际站了一排，一共只有六个人，信封上的字有的是用毛笔写的，有的是用钢笔写的，却是"致良县市政府：关于迁移费中的××问题"。

她看不太清楚，那些人被拥挤的人群挤乱了，而且有的字迹太小。好像是"基础工程扣款""房建扣款"。她瞅住一个空当，终于看清月明手里的信封上写的是"小学生教育"。柳璀突然想起来，陈阿姨说过，月明是郊区小学教师。

不知为什么他们没有把信封高举起来，而是谦逊地抱在胸口。也许是怕事情闹大。

终于轮到月明说话了。

汪主任声音比他高得多："迁移居民的儿童教育，一律由迁入地就近上学，这是政策。"

月明说："政策中也说，迁入地教育设施上有困难的，可以适当补贴。"

"这要双方讨论解决，具体问题具体解决嘛，不可能一律对待。"汪主任把眼镜推了推。已经有人推走他说另一个问题。

"学生耽误不起，一搁就是一年，再搁他们干脆就退学不读书了。农村的孩子本来家境就贫困，读书难，一直是个大问题。"月明声音高了起来，几乎是在嚷嚷。周围的人也在七嘴八舌地议论。汪主任早就不再听他说话。

柳璀觉得这个问题月明肯定有理，但是如此迁徙，恐怕小学生失学是难以避免的事。如果能给对方学校金钱补偿，不失为一种办法。但是没有人愿意给这点小钱。月明很激动，哪怕没有人听他说话，他还是在继续说。可能方言的对话，柳璀听得不够真切。她倒很想听听清楚，不知不觉间越靠越近，人群中几乎没有什么妇女。人们看到柳璀像个外地来的女子，很自觉地闪开一点儿，避免挤到她。

汪主任这时显得很有耐心，不太像她初见此人时那种青年才俊、盛气凌人的样子，很像一个地方干部，说的是本地群众的土腔土调，姿势口气都像街上饭馆里的本地人，也那么高声吵吵闹闹。

月明早被人挤开去，他的问题从争论中消失了。那些人似乎在要汪主任收下信件。他本来举起的手往后缩，好像是在推托，他不能直接收群众来信，应当交到有关部门。

"迁移办就是有关部门。"

"不对，信访部才是有关部门。"汪主任说，"很多事不是迁移办能解决的。例如小学教育问题。"

人群中有人在吼什么。汪主任拼命挥手，说他不能收信。就在这时，柳璀突然听见警车声在背后响起。她回过头来一看，四辆警车从两个方向开来，训练有素地同时刹车，马上跳下一批警察。她还没有回过神来，全副制服的几十个警察已经从人群四边包围上来，手里提着警棍。

柳璀这才注意到周围起码有近千人在聚集围观，路两边的人早就合成一团。似乎下城那些棚区的居民拖儿带女，一家老小都来了，举着纸块，上面乱糟糟的字迹写着他们的困难和要求。

警察在叫喊："散开，回去。"警笛一吹响，警察就按一定阵势，分两层压了上来，手里警棍高擎。人群马上抱头乱窜，朝没有警察的方向奔跑。外围的警察用警棍指着方向，让那些人穿过他们中间。跑到圈外，就不再问，那些人站远了，依然在围观。

柳璀脑子一下卡住，问自己要不要跑？她想自己没有必要走，她只是旁观者。当然其他大部分人可能都是围观者，但是她觉得自己不一样，逃跑，似乎意味着犯了什么罪。她有什么罪呢？

她正在犹犹豫豫时，还没来得及想怎么办，发现自己身边已只剩下七八个人，连递交信件的人都没有留在那里。想必是看见这阵势，丢下信跑掉了。她还没有明白过来，就被警察用警棍拦住，不让走了。

她回过头找那个汪主任，他早就不见了，不知道什么时候溜走的。这时，她看见在石梯那边两个警察把一个人压在地上，按住那人。月明早就站在警察外圈的边上，这时他没有逃走，他看见柳璀被围在里面，反而奔了过来。结果被后面的警察按倒在地，他要挣扎，警察死死抱住。

柳璀心里一着急，刚要往月明那边奔，她的手臂被两个警察牢牢抓住。警车已经开到面前了。

这个该死的小地方，警察的制服装备倒是相当整齐现代化，警车却旧得油漆剥落，铁门摇晃。警察也比较奇怪，一个个愣头青小青年，黑皮靴都擦得雪亮，逮人把吃奶的力气都使出来，她的手臂被捏痛，忍不住大叫。

"你敢叫？"警察刚要挥手制止，一看她是女人，不是本地人，便疑惑地放下了手臂。

他们叱喝一阵，把人往车里推。看到警察抓人，人群已自动散开,远远观望。"闹事"也已经结束。但是柳璀明明确确地坐在警车里了,而且车门啪的一声关上,从外面闩上,只剩下带铁栏的窗口,整个车子漆黑一团。

17

这是柳璀平生第一次被逮捕,她完全没料到,自己被当成犯人塞进囊车。

警车明显是在往下坡走,路上坑坑洼洼,无法开快。车内依然颠得厉害。车顶上警笛的鸣叫非常尖厉刺耳,她不得不用手堵住耳朵。警察让抓住的几个人坐在两边,让柳璀这唯一的女子坐在角落上,两个警察站在中间监视。车内有两根直柱,他们一人抓住一根。柳璀的边上是月明,这点使他很窘迫,他一边维持平衡,一边尽量与她隔开一些,不至于身体互相撞到。

后面好像跟了一辆押送的警车,也是警笛鸣叫不停。

车子突然一个猛撞,可能碾过一个极大的水洼。抓住中间直杆的警察,几乎被晃了一圈,而坐在两边的人几乎被堆到一起,又被推回。车子像个簸箕,人在里面翻卷。月明差点儿整个人压在柳璀身上。柳璀的手用来堵耳朵,更没坐稳,被弹力推回时,月明伸出手来,但是没有把她抓住。她几乎跌到车中间,膝盖撞上柱子。她痛得大叫一声,不必看,就知道是一个大青块。

押车的警察生气了,说前面开车的警察不长眼睛。好在车顶的警笛这下子停了,大概是颠坏了。

柳璀觉得月明身上和街上的人群一样,有股汗酸味,这个单身汉也许衣服无人洗、无人补。经过一番搅动,她自己可能也有汗味。他的衣袖上有污迹,鞋子踩湿了,鞋带散开了。柳璀的眼光在上面只停留了一下,月明就察觉了。他弯下身去系好。她看到他背上的衣服有几条长长的污痕,看来是挨了警棍。

她没有看他的脸,他也不看她。整个囚车笼罩在一种奇怪的气氛里。

等车开到比较平坦的路上,大部分被抓的人开始对警察说自己不是递交信件的,抓他们是误会。那两个警察只是小青年,一声不吭,脸无表情。但是那些人还是不停地诉说冤枉。月明没说一句话,他的样子还是很忧虑。

远处救火汽车猛叫着,那气势很吓人。可惜车内看不到,不知道是什么地方起火了。

警车颠三倒四开了二十多分钟,到了一个院墙内,这实在不是一个足够大的城市。

车停稳后,门被打开,两个警察先下去。也没有安梯子,就让里面的人一个个往下跳,在下面排成一排。

送上车时,几乎是被警察连推带操似的弄上车的。她还没有明白是怎么一回事，就被弄上车。现在要跳下车，才发觉车相当高，要警察在边上扶每个人一把，才不至于跌倒。

柳璀听到对讲机的叽叽呱呱声音，可能房子里正在布置什么。

警察可能没有意识到抓的人中间会有一个女子，所以在现场没有布置女警察。最后轮到柳璀，她看见是个男警察在下面，突然觉得这太不对头。她抓住车厢内的直柱，拒绝往下跳。警察伸出手，似乎想拉她，她往后一躲。即使是罪犯，她也得坚持自己的基本权利。

柳璀赖在车上不跳下，反而弄得下面那个警察颇为尴尬，他最多只有十八九岁的样子，他还从来没有遇到过本地犯人有如此强项的。他想学一下老警官教训驱赶犯人的口吻，吼骂一句，一看是个城市打扮的知识妇女，话卡在喉咙里，没一下子出口，但忍不住气恼，更凶狠地骂出一句话。柳璀猜是一句脏话，但是对方四川话说得太快，声音又太高，没能听明白。她索性在警车里坐下了，不理睬那警察。

院坝的围墙极高，还有生锈的铁丝网。那扇大木门又旧又厚实，要两个警察用力推，才能关上。这是一幢不大的两层老式房子，看不出以前的颜色。墙上被刷了好多次标语，很旧的白漆，覆盖在更旧的红漆上，又贴过好些通知之类，整个墙成了每次政治运动的积淀层，什么颜色都变灰了。

僵持只一会儿，月明走上一步，伸出手来。柳璀也把手交给他，轻轻松松就跳了下来。

可是柳璀脸红了，幸好没人看见。她没有想到月明会这么做，她的手碰着他的手，有一股亲近的温暖，好久都没有的感觉——那种亲人的感觉，结实的，信任的，不用担心被背叛的。这感觉真是奇怪。

被拘一事，本应让她气上加气，不过也许是幸运？她安慰自己。不仅是一个全新的经验，主要还在于她不必去和那帮混账打交道，看什么基因水稻。谁知道这种人手里弄出的是真的、假的，恐怕没有一样东西是真的。

而且，她到了这里，也不必为月明担心。不然她只能赶到陈阿姨那里去胡乱报告一阵，这只能让有癌症病人要照顾的陈阿姨提心吊胆。那个家会乱成一团，到处奔跑求情。所以，她一点儿也不遗憾卷进这桩事情里，甚至，觉得这是自己应该来的地方。

她很庆幸自己今天没有穿高跟鞋，而是穿了轻便鞋，没出洋相。

就在这时，那位脸上生着黑痣的警察，皮笑肉不笑地走到柳璀身边。他掏出一副手铐，抓过她的一只手就铐上了。月明气愤地用手一拦，抗议道："你怎么可以这样？这位女士是从北京来的。"月明话一落地，发现他的手也被铐上，而且用的同一副铐子。"看来你们是同伙。让你知道进了看守所，不听话是什么滋味！北京来的？北京来的又怎样！"

柳璀看看自己的左手和月明的右手铐在一起，她气得喉咙冒烟，还没有回过神来，就被推进一间漆黑的屋子，铁门哐当一声关上了。

他们被关进了黑房子里，专门惩罚态度不好的犯人、最脏臭的地方。

过了很久，他们才被押到其他犯人受审问的地方。

这个旧良县公安局，里面全搬空了，连玻璃窗都不全了，厕所的味道一直被风吹到走廊里每个角落。天变得昏昏黄黄。他们被带进一间桌椅设备还比较整齐的房间，靠墙壁有两排长条木椅，旁边有门，通到一个里间。所有被抓的人都被带到这儿。警察叫他们通通坐下。只有角落位置空着，柳璀与月明因为依然铐着，只能一前一后坐过去，并排坐下来。其他人用异样的眼光看他们，也许因为他们身上有异样的臭味，也许认为他们是危险人物，要避嫌，一个个尽量躲开去。

被抓的人还是在喊冤，都声明自己只是看热闹。可能明白向小青年警察辩解无用，他们对着守在通向隔壁房间的年龄较大的警察说。那个警察好像比较有权威，但是公事公办地叫他们闭嘴。他说："被抓起来的就没有一个老实！态度好不好，最重要。到里面去跟领导说清楚，好好认罪，少耍滑头！"

里间早有人坐着，被抓的人一个一个被叫进去。每个人时间长短不一，但出来后也没有放走，仍被勒令坐着，等局领导来做最后处置。有的人嘴里还是嘟嘟哝哝，但没有像先前那么喊得厉害了。看来这些喊冤的市民还是怕局领导。最后，房间里几乎只有月明和柳瑾两个等着被叫进去登记。柳瑾抬起头来看月明，月明侧过脸来对她笑笑。

这也怪了，因为她记忆中，这个男人从来脸上没有过笑容，不是谦和卑恭，就是空无一物的淡漠。为什么他这时微笑起来？而且他的微笑使他的面容变得出奇地祥和宁谧，尤其是那眼睛一尘不染，非常洁净。

这也太奇怪了，柳瑾想，在这乱糟糟的环境中，只有他们两人是安宁的。她知道自己肯定会被放出去，那么月明呢？恐怕抓来的人中真正在那里递交告状信的就他一个。如果在这些人中抓"闹事头儿"，就非他莫属了。可他在现场时那种忧虑神色，都不见了。或许他真有种信心让他不在乎这一切。刚才在那黑屋子里，她很恐惧，有一种说不出来的恐惧，心跳个不停。她问月明："这是什么地方？"月明还未说话，看守的警察打开铁门上的小铁窗，那被框住的一张脸非常可怕。看守凶狠地训斥道："这儿不准说话。"

她不知道应该如何帮助月明。或许她应当抢在月明之前说话，若他们被叫进去时，她可以打乱这些地方警察的"程序"，这样或许他们会放过月明。不然，组织闹事，会判刑，甚至刑期较长。毕竟月明提的完全是个迂夫子意见：农村小学，多年来一直失学退学情况严重，迁移了、不安定，只能让家长更心安理得让孩子退学。

不过，要说月明错，更没有道理。教育问题只怕没有人说，多说绝对不会有害，因为说得再响也很少有人听。

话又说回来，抓来这里的人，至多不过是向市政府交信而已。不知为什么原因，他们各自提的不同问题，却集合在一起交。那个汪主任在那里激烈"说服"，又不肯接信，反而弄来大群人围观，堵塞了城里交通，给警察采取清理行动的借口。或许扩大事态就是汪主任这批家伙的目的所在。

里面房间出来叫人，柳璀站了起来，月明未有准备，被手铐链拉起来。她大声抗议要求开锁，她简直把手铐这事情忘记了，与月明铐在一起没有什么不舒服。这时她听到了汪主任的声音，在走廊那头传过来。他们的房间没有关门，只有一个警察全副武装地大跨步站在门口，不让人进出。外面走廊里的声音，听得一清二楚：

"胡闹！太胡闹！你们太不像话！"

在他的吼声之间，传来的声音似乎是公安局负责人的辩护，嘟嘟哝哝听不清楚。柳璀估计公安局接到的指示，只是驱散人群，把一打左右核心人物抓起来。这是惯常的做法，不是很准，只是没有来得及跑掉的人，成了网中之鱼。不过，从这几人开始总可以顺藤摸瓜。

听得见过道门碰撞的响声，脚步声就到了门口，好几个人，领头的是汪主任与一个全副领章帽徽的警官。汪主任捅了一下这负责

人,负责人走进房间,很恭敬地对柳璀说:

"我代表全体执勤的人民警察向你道歉。清场行动没有处理好,出现混乱。"他的道歉似乎是推脱责任。

他手里拿着钥匙,马上打开手铐。松开后,她禁不住一直在揉搓。

汪主任马上跟上来,伸出手要搀扶柳璀起来:"我们工作没有做好。出了这么大差错。我想柳教授了解这个局面的前因后果,会原谅我们。"

所有人,抓人的人、被抓的人,目光全都被吸引到她身上,都想看这场热闹。只有门口那个警察,还是叉手叉脚地堵着门。

柳璀双臂相交在胸前,不让汪主任的手碰自己,她发现这人眼镜上有一块污渍。那些人七嘴八舌地向一大圈人道歉。她一直不说话,一旁被抓来的人都站起来看稀奇。直到大家都说够了,看够了,她才看看这几张满面笑容的脸,说道:

"这么说,抓我是抓错了?"

汪主任没有回答,他知道柳璀这话来者不善。公安局的负责人说:"当然错了,当然错了。"

柳璀慢条斯理地反问:"为什么错了呢?"

"因为你不是闹事者。"

"谁是应该抓的闹事者呢?"

"这些人中可能有几个是,我们正在调查,有的可能是旁观者，登记一下而已。"说话的是原来在里屋登记的那个警官，他在为自己的工作辩护。

"回答得好，这位同志做事敢作敢当，不像你们只想推卸责任。"柳璀转过头来，问那个警官，"那么请问，今天抓的，谁是闹事者？"

"还要查，"那负责人木讷着说不出口，"要花时间核查。"

"我问的是定义，"柳璀说，"做什么样的事就是闹事？"

大家不说话了。柳璀回身望着月明说："这位男同志，我看见他当时在交一封反映迁移使小学教育中断的信，他错了吗？"

全部人都转过身来，看陈月明，他坐在角落里，没有表情，手上还戴着半副铐子。大家看他，他像是有点儿不好意思似的低下头。

"要是你们暂时无法确定谁是闹事者，怎么决定谁应当打一顿？谁应当关黑牢？谁可以扣留不放？"柳璀的声音很愤怒，"至今还铐着人！"

汪主任忽然醒悟过来，说："给这些人取掉手铐！全都放了！"他红着脸喊道，"全都给我走，走，全走！"

只有那个负责登记的警官，走到陈月明跟前说："同志，你不能登记一下吗？既然局长认识柳教授，你就是唯一没有登记名字的人。你如果没有错，登记一下没有关系，这不是审讯。"

汪主任生气地走上去拉警官："还登什么记？"

月明站起来，说："没关系，既然来了，登个记还是应该的，也让警察同志有个记录交代。"

然后他就和那个警官走进屋里去，警察开始催其他人走。那些人一看没有危险了，反而想留下看本地大人物碰到硬钉子。警察推推搡搡，就是不碰柳璀。等到人全给赶到走廊里，赶到拘留所外面，月明也从里面出来，马上被人朝外面拉。他只来得及回头对柳璀笑了一下，不知是鼓励她，还是感谢她。他几乎脚不沾地就被推了出去。

房间里马上空了，只剩下几个头头脑脑。那些人等着柳璀站起来走出去，但她当没看见一样，干脆垂目养神，不听不闻，看这些人怎么办。

那几个人退到门外，压低声音商量。过道里好像有脚步，楼上似乎也有人走动，他们在过道那边的走廊里叽叽咕咕，声音放得很低，似乎在商量什么。不过没人敢来把她轰走。只有原来坐在汪主任的轿车里那位女干部来张望了一眼，可能是被汪主任叫过来劝柳璀，一瞧柳璀有意等着吵架的冰冷脸色，马上知难而退。那个警官回来一次，取了里屋的本子就走掉了。

不一会儿，里里外外都走得一个不剩，通通消失了，连汪主任也不见了。

现在只剩柳璀一个人在屋里了，她卷起裤腿一看，两只膝盖都撞青了，左膝上一大块瘀青，一碰极痛。幸好没有伤筋动骨，也幸好她没有穿裙子，否则太难看。

柳璀发现这个地方空空荡荡，反而安心了。她不想跟任何人吵架，作为一个人，她被侵犯，不能那么轻易就放弃。天色暗下来，这幢房子突然一下安静了，听不见任何声音。

没有人开灯，走廊里灯亮着，只照出一点儿灰暗，她坐在长椅上，看着对面的桌椅、墙上油漆剥落的地方。

她突然有一种奇怪的感觉，不知道自己为什么留在这儿，而且想留在这儿。这不是一个受了委屈的孩子的执拗，也不是官太太有意耍脾气。她不是这样的人。那些人有意把她卷进这个所谓的"闹事"是另有目的，她被卡在这个地方却是节外生枝，出乎那些人的意料。那么，她有理由来看他们给她一个什么说法。

整个世界都太没有道理，没有一桩让她心里弄得清的事。干脆赖到底，看整个世界会落到什么局面。

不过，她在这里觉得很舒适，与世隔绝了一样。

偶尔远处有大轮船的鸣笛声。暗淡的灯光——很远的地方的一盏灯，通过大开着的门斜斜地照进来。雷声轰隆，夹有闪电，可是听不见雨声。

他们想让她觉得孤单，无聊，或是害怕，自己离开这个地方。她这样养尊处优的夫人，不会受得了这样的地方。

其实也大可不必再认真下去。但是不知为什么她觉得这个有淡淡尿臭和汗臭的地方，挺暖和的，比那什么星级的大酒店舒坦。没有人再来打扰她，这种自然而然的孤独，什么事都不用再想，让她很自在。

漆黑的房间里隐隐地保持着一丝光线。这个尽是水泥砖砌房子的旧公安局，以前不知道是干什么用的。不过她怎么觉得有种熟悉的感觉，好像以前，许多年前，自己来过这房子，尤其是那窗子在风中嘘嘘的响声，好像是什么遥远记忆的回声，非常熟悉。

她本想站起来，到其他房间去看看，到底她是不是安全。可是浑身上下软软的，眼皮直往下合拢，她心里仿佛得到一点儿暗示：安心吧，不会再有什么事的。

她在长椅上躺下来，蜷着身体，像婴儿在母腹里。

不一会儿，她就睡着了。

18

母亲说柳璀在她的肚子里，实在太不安分，人人都说应当是个儿子。

母亲说她差点儿用自己的命，换来柳璀的命。但是换命来的女儿，竟然与她一点儿不亲，性情也不像，这太奇怪了。

柳璀朝母亲依靠过去，握着她的手："可能有点不像，但还是很亲。不是冒着大风沙来看你了吗？"

"大驾光临,不胜荣幸。"母亲从来不放过讽刺柳璀的机会。

她知道母亲说的"命换命"是什么意思。小时候母亲就让她摸肚子上的一条伤疤,又大又长,在肚子正中间,上面还长了许多瘊节,乱纠成一长条。母亲让她的小手摸,说这是你出来的地方。她记得那地方不光滑,疤疤痕痕,非常难看,像一条恐怖的百足大虫。那差不多是六岁时,有天夜里,她大叫着哭醒。母亲问她怎么啦?她说梦见一条大蜈蚣咬她。

之后,母亲就不再让她看。

到了十四岁,月经来潮后很久,她还是以为孩子是抓破女人肚子爬出来的,像小鸡啄破蛋壳一样。

母亲最后给她性启蒙时,她还怪母亲说话前后矛盾。恐怕这也是她一直不想要孩子的原因之一。这整个故事太可怕了,那条大蜈蚣太可怕了。母亲说过,她一辈子不上公共澡堂,除了女儿,六岁的女儿,也从来不给"任何人"看见。柳璀后来才明白母亲说"任何人",为什么表情那么狠。或许,这"任何人"包括父亲,或许,母亲就是指父亲。

多年前的那天,母亲说她痛得在床上紧咬枕头,枕芯是芦花。她咬破了枕套,芦花飞得满屋满身满脸都是。她昏迷过去。在她醒来却尚未滑入清醒意识时,听到院子里有马蹄声。她心里希望这是丈夫终于回来了,她想象他不等马停住就跳下马来。果然,她听到他那熟悉的脚步声，奔进屋来，后面还跟着奔进一些人。她想睁开眼睛，但是做不到。她听到丈夫在喊：

"齐军医呢？"

有人在说："齐军医在陈姐那儿，她正在生孩子。"丈夫打断那人，吼叫起来："把他叫过来！不管什么情况马上过来，这里要出人命！"

有人把母亲抬起来，也不知抬到什么地方。不过，她立即感觉出是丈夫有力的手臂抱着她，最后有人叫："滑竿借到了，闪开。"她被放在一个架子上，平躺着。肚子里的翻江倒海稍稍好了一些，心里却开始慌慌乱乱，下身排出液体。她知道那是鲜血，一股血腥臭味与汗味，使她觉得自己脏透了，周围的一切说不定也是脏得可怕。

齐军医终于赶到了，他把母亲的肚腹按了一下，马上惊叫起来：

"胎位倒置！怎么回事？昨天我检查胎位还是正的，头朝下，怎么突然弄得头朝上？"

母亲感到冰冷的听诊器落到她的心口上，勉强睁开眼睛，看见齐军医满脸是汗。柳专员正在那里吼喊不知什么命令。齐军医离她近，她听得清清楚楚，齐军医焦虑地说道：

"赶快送重庆，华西产科医院有办法处理。赶快，大人小孩或许都还能坚持一阵子。"

"能坚持一天一夜？"柳专员阴沉地反问，"船长答应拼命赶，逆水起码要一天一夜。"不过他的声音马上平静下来，像指挥打仗似的："船长负责赶路，你做最坏打算，最后关头由你处理。"

齐军医抗议道："我是军医，刀伤外科，不是妇科医生。到这种时候突然胎位倒错，我无法处理。"

母亲抓住齐军医的手，让他靠近。她费劲地说："给我打止痛针。"

齐军医抬起头来，与柳专员说着什么。柳专员又在反复问，她听不清楚。过了一阵，齐军医俯下身对她说：

"胎儿受不了吗啡。你先忍着，孩子出来后马上给你注射。"

事到临头，母亲不再吭声。汗和泪打湿了她的头发，遮挡了她半张脸。视线模糊，不过还是知道自己被人抬着走到外面街市上，天很蓝，白云一朵朵，很刺亮。那些抬她的人以急行军的步伐，青石板路上响着整齐的嗒嗒声。她头歪到一边，四周的群山，在她眼里闪现得极快，那些山有着不同的碧绿，一些淡一些浓。这很像一个什么地方。这是良县，她是到这里来干革命的，结果却要死在这里，这么一想，泪水哗哗从她两颊往下流。

"快点！快点！"有人在身后催促。

那些抬她的人脚下生风，即刻她就听不到脚步声。人声也匿隐了，只觉得蓝天在上，云朵低低地压下来，压得她气息奄奄。

"小心些，放平。"

母亲感觉自己被移到一个有框的帐篷里。这时马蹄嘚嘚的声音清晰地响在铁皮地板上，她躺着的地方不住地震动，好像把她抛起又抛落。那肚里的孩子突然乖顺，大概听懂了自己将去重庆。可是一会儿，她便怀疑了，难道是孩子不行了，不然为什么疼痛减缓？一股水这时从她身下往外涌，她吓晕了。

齐军医的声音远远地在说："心跳慢了，可能心力衰竭。羊水已破，婴儿脐带有可能脱垂，很危险，等不了到重庆医院。"

母亲每个字都听清楚了。

还是齐军医的声音，他在母亲肚子上忙着，一边申明："我不会做剖腹产！"

引擎刺耳地吼着，两边是峡岸的青山和裸岩，江水哗哗地流着，仿佛要把她带走。

"我只看到过别人做过一次。"齐军医在强调。

"大胆做，党信任你。"有人在说。

齐军医的声音颤抖："母亲很可能保不住。孩子可能得救。"

"再撑下去，可能两个都保不住。母亲反正是保不住。"

"事关两条性命。柳政委，你下命令，我执行。"

这是母亲听到的最后的对话，紧接着是一片金属器皿的叮当声。船的速度突然减缓，她觉得周围一片白色，看来是临时围起了手术室。她感到肚子上有冰凉的金属，忽然想到，他们可能真是要剖开她的肚子,不只是说说而已。

母亲惊恐地睁开眼,只见丈夫忧虑的眼睛正朝着她看,明显瘦了一圈。她紧抓他的手不放,想哀求他。母亲眼眶里涌满泪水,已经没有力气说话了,但就是不肯闭上眼睛接受命运。丈夫掉开脸去。

突然她肚子上剧痛,痛得她如野兽似的大声吼叫起来,身体本能地朝上一蹦挣扎,可是有好几个人按她的手脚。她的整个身体如一只鸟被做成标本般钉得死死的,丝毫不能动弹。她周围的全部白色却变得血红,那血红在迅速扩大,变成闪电,变成一片密急的血雨。

突然,母亲觉得一下子全身放松,好像拉紧的皮圈忽然拉断。她听见远远的地方,像是从对岸峡谷深处的原始树林里传来一种奇怪的叫声,她便失去了知觉。

柳璀看到过许多做过剖腹产的女人,看到她们那条整齐得几乎看不出来的疮疤,有的开刀技术好的,疮疤不到两寸。做过特殊皮肤处理后,甚至都不太看得出来,依然可以穿短衫,露出肚脐满街走。她这才想象到母亲当年经受了何种惊吓,那条实在太破相的大疮疤,记录了母亲被当作牺牲品剖开时的所有恐怖。

19

"小璀。"一个熟悉的声音在喊她。她的脑袋警觉地动了动,想爬起来,但是做不到。她使劲地挣扎着,想抓住什么,却什么都抓不住。

"醒醒,小璀。"

她睁开了眼,发现是李路生,关切地抱着她的头,她还是躺在拘留所的长椅上。房间里还是暗暗的,只有走廊外的灯光投射进来。

她猛地一下坐起身,抱住李路生,头靠在他胸前,不由自主地说:"太可怕了!太可怕了!"

"没事,"李路生哄她,"我在这儿,没事。"他又回到从前当哥哥的时候。

只有在十几岁时,她才对他撒娇,不管是在家里还是在学校。李路生是独子,李伯母在行军路上生下他,得了病,不能再生育,李伯母对他很宠。而他呢,对她更宠。

去内蒙古生产建设兵团后,她分配到医院,性格有点沉静了。后来回到北京读书,只有他们俩在一起才有说有笑。最亲密的时候也就是手牵手。

实际上他们最后不可能爱上别人,从一开始就认为对方是优异出众的人物,不应该像一个平常人那样行事。在彼此眼里,几乎都是不食人间烟火的,上卫生间门关得紧紧的,不得不面对一些尴尬的枝节,也视而不见。像今晚这样的"妮子态",柳璀很难想象自己竟然做得出来,而且出于自然的本能反应。

李路生一直抱着她,抚摸着她的头和肩。他问:"你冷吗?"

她摇摇头,不让他把外衣脱下来给她,但这句话提醒了她,使她终于完全醒过来。

李路生怎么到这里找到我的?这问题一跃入她头脑,她就惊觉起来。当然是本地干部向李路生汇报了,并且把他带到这里。实际上也可能一直就在等着他来。那么,那些人也许就在拘留所外,黑灯瞎火地埋伏着,或是在半明不昧的走廊,甚至躲在隔壁屋里。

想到这里,柳璀脸红了。不用问李路生,她就明白肯定有人在听她如何"告枕头状"。那些人太不上规矩,天知道他们要干什么?对付这些土干部,她明白要镇住他们才行。

于是她坐直了,声音清脆,一本正经地对李路生说:

"路生,国家出了巨额迁移费,为什么不直接发到移民手里?"

李路生见她态度突然变化,一愣,但这个人很机灵,马上明白柳璀的用意何在,他说:"迁移工作,包括迁移费的用法,总部不直接处理,早就全部发到地方上,相信地方政府能够做好。"

"那么迁移的老百姓如果有意见,能不能向地方政府反映?"

"当然,"李路生自我解嘲似的一笑,"政府是人民的公仆嘛。"

"递交反映问题的信件,算不算闹事?"

"只要没有违反治安条例,就不是闹事。"

"如果政府官员处理不当,造成围观混乱,交通堵塞,"柳璀终于有机会把她的怒气对准目标,"那么谁该负闹事的责任?"

李路生明白柳璀要他下判决,他也不愿闪烁其词,委屈妻子,虽然也知道后面有一伙人在听着他这个领导表态。他清楚地说:"政府官员绝不应当激化矛盾。"

柳璀说:"那就好,我亲眼见到全过程,我作证是谁在激化矛盾。"她站起来,仿佛要出去把有关的人全部抓来听她的证词似的。

李路生跟着站了起来,把妻子哄满意了,还得哄住本地干部:"这种事不必闹大。总部领导信任各级地方政府能处理好与迁移有关的民事纠纷,"他重复了一句,"各种各样的民事纠纷。"

柳璀走出房门,走廊里只有一盏惨黄的灯,没有一个人。拉开通往隔壁房间的门,里面杳无一人。显然,她想抓出一个特务不可能。这些人只要把一个收话器,甚至一个开着的手机,放在什么地方即可。

不过刚才她已点明了问题,对李路生的结论"民事纠纷"也满意。那么,下面的事,是离开这个是非之地。但为了保证月明他们的安全,她应当考虑在良县多住几天,仔细听着消息就行。

她回过头,走近李路生,靠近他的耳边轻声说:"路生,谢谢你。"

院子里只有一辆黑色丰田轿车,雨竟停了,不过院子里积了不少水,在路灯下闪亮。柳璀想现在可以问他了:"你怎么来的?"

"借了金悦大酒店的汽车。"李路生走过去,掏出车钥匙的按电控制板,锁自动弹开,他俯下身给柳璀打开车门,"我叫他们的司机不必来。"

柳璀想:亏得李路生来,而且很聪明地一个人来,否则她今晚有可能就不想离开这里,那也挺好。她回望这个黑漆漆的院子,整个楼好像只有那个走廊里的一点儿光。她不知道为什么对这样的地方,一点儿不感到恐惧。

跨进车坐好,关上门后,柳璀问:

"上哪里去?"

"我就住你的房间,"李路生系上安全带,非常绅士地说,"请问夫人,可以吗?"

"你付一半房费就是。"柳璀笑了。突然想起事来,急切地问,"你答应带给我的钱呢?带来没有?"

"放在酒店。难得你有兴趣买艺术品。总得让我观赏一下吧——我是说买回来之后。"

"你认为不值就退钱,是不是?"她说完就打住了,不肯深谈下去。

李路生发动了车，正在打回转。他的动作熟练，一个回转就拨了过来，院子大木门打开了。李路生稍稍把车盘向左转了一下，驶了出去。不过好像有个警察在那里推开大门，这是柳璀第一次看见这个院里的确有人，她又警觉起来。

她想，既然是临时借的旅馆的车，就不会来得及装窃听。不过为了保险，她还是把车内的收音机打开打响。收音机播着新闻，说是重庆直辖市正在搞一个"弘扬正气，歌颂三峡"的活动。

柳璀直截了当地说："这个汪主任，做事情太鬼鬼祟祟，我至今不知道他在弄什么把戏！"

李路生一点儿反应也没有，脸上毫无惊奇，也不追问柳璀是什么意思，也不给她解释什么，只对她说：

"迁移，是最头痛的事。总部把全部钱早发给地方，就是不想沾这事的边！你想，这个破破烂烂的良县，以前一年的生产总值才几千万元，一下子拿到十二万人迁移费三亿多元，不出乱子才怪！"

车子开出细肠子的小路，绕上旧城区拥挤的马路。行人随意穿越，根本不守规矩，李路生只能慢慢走："不出大乱子，就算老天保佑了！"

"你的意思是上面知道地方干部在克扣迁移费？"柳璀从来没有与丈夫谈这些事。李路生不主动说，她不问；实际上即使丈夫说，她也未必有兴趣听。

李路生笑笑,他慢悠悠地打着车盘往前挪,还是在美国养成的习惯,他不像中国的开车者,不断地按喇叭骂人。

"本来迁移费就不能一下子发给每个人。拿到了钱,迁居他乡还有什么吸引力?政府不得不在外乡造好民居,再给路费。余钱,放在那里等着他们,当然余下不会多了——你让农民自己打泥屋,当然花钱少一些。"

"地方政府为什么不能相信群众?这么用钱,不是看着闹矛盾吗?"柳瑾有点生气了。

"我的好太太,"李路生咬牙切齿地说。因为他猛踩了一下刹车,避开了一个不要命穿过街的人。他索性打开远光灯,把整条街照得通亮,让人们及早避开。"别急,这是中国!那些农民,一辈子哪见过那么多钱?一家五口,十多万,像中了彩票,从天上掉下的钱!赌博,吸毒,嫖妓,三姑六婆来抢,几下就折腾完了。"

"难道钱放在干部手里,由他们分配,就安全了?"柳瑾不喜欢李路生的讥讽口吻,听起来很像官官相护的味道。

前面瞧上去正在抢购什么东西,每人一大包一大包扛出店来。李路生把车停了下来。收音机正在唱川剧,搞笑现代戏,不伦不类的。李路生把音量稍稍调低一点,说:

"人大批准的动态投资才五百个亿,只有实际工程需要的四分之一!我们报上这个计划,就是想到钱能生利。开发公司——就是我吧——要靠这笔底钱筹款,需要库区各地合作。如果不让每个县区也有机会借本生财,他们会听我调派吗?"

"原来三峡是唐僧肉,"柳璀这才恍然大悟,她用词尖刻地说,"大小鬼怪逮住都要咬一口!你咬了也得让这些家伙咬?"

李路生听了这刻薄话,连眉头都不皱。他将车慢慢往前滑,但是人们在大灯前也不散开,现在看到那些人在抢购折价的鸭绒被。李路生开始不耐烦地大声按喇叭,人群这才慢慢移开去,为车子让路。

"你放心!"李路生简短地说,"谁咬了,我最后还会叫他吐出来!"

好不容易挣扎出旧区的马路。车子推上三挡,从一条坡道猛吼了一阵就开上了新区,宽敞的中心大道,六车道。人行道上,那些亮堂堂的餐馆前,停了不少汽车,中间依然能开得顺溜。

李路生大吐了一口气,不知是否因为把伶牙俐齿的柳璀说得无言以对,他的脸变得柔和,也有了笑意。

汽车一会儿就驶进灯火辉煌的金悦大酒店正门。那儿已经有几个人站着,很着急的样子,有人在看手表,有人在对着手机说话。

李路生看了一下车里的电子钟,说:"糟了,误了时间。"他刹住车,迅速地跳出车来。等的人中间有阚主任,他很殷勤地绕过来,给柳璀打开车门,只有他一个人不是催命般着急。

李路生已经在与人说什么话,回过头来对柳璀说:

"有个急事要处理。你吃完晚饭先休息。"

柳璀声音放得极低:"你忙你的本色行当,但是把钱给我!"

李路生抱歉地笑笑,对阚主任挥了一下手,说了什么话,转眼就不见了。

没多久,柳璀手里就多了一个公文皮包,其他人也都急匆匆走了。她一个人站在这装饰得金碧辉煌铺满大理石和镜子的大厅里,面对一簇插得艳丽招展的鲜花,那红黄迷人的天堂鸟欲从花丛中飞出,心境非常沮丧,觉得留在那黑暗的拘留所还没有如此惶惑。

她每次回到这个堂皇得出奇的酒店,就觉得走错了地方。这个奇奇怪怪的良县,不应该有这么个全中国一色的富裕符号。

20

柳璀并没有被冷落的感觉,她本来就不喜欢丈夫周围这伙人。李路生把她抛下去忙他的事,这也是常事——她自己也经常把李路生抛下,忙自己的实验。问题不在这儿,而在于她刚刚暂时忘记这次南下一路的不愉快,对他恢复了一点儿感情。这时刻太宝贵,他却说走就走。她让步太多,投降太快,现在很不是滋味。

本来阴差阳错,透过李路生亲自来接她这一事,两人可以顺水推舟,悬在他们婚姻头上的危机可以装作从未发生。现在却要一寸寸冰冷地开始,还要另找时间。

她像个机器人一样按电梯键，电梯轻轻地滑开了钢门。

她想起李路生回国后，她一人在美国的生活。为了省房租，有了一个室友。一个在美国出身的华人，学的是电脑。这女子对柳瑾很好，问柳瑾："你丈夫不在，为什么不肯找个情人？"

"这不可能。"

"你们中国女人的脑子被男人洗过了，太可怜。"

柳瑾解释说，她爱丈夫，少年时就在一起长大，没人比得上他。

那天晚上，柳瑾很想给丈夫拨一个电话，告诉他，她想念他。但她还是放弃了这个想法，到有事了才打。

室友什么心事都告诉柳瑾，包括她与许多男人的交往。最近的一个男人是她的同事，但是她明白自己与他不会有结果。有一天此人妻子来找她算账，搬起门前的花盆砸坏窗子。后来那男人来道歉，室友没有说什么，就让他走路。

柳瑾觉得这男人其实也很为难。

室友说，换窗子也好，画个句号，值。她该有下一个男朋友了。

她心里的想法没有对室友说：她看不起男女之间这种随便的关系，倒不是讲究道德，而是这种关系把堂堂正正的人弄得卑贱龌龊。因此，她从未想过李路生会有外遇，更没有想到自己沦为弃妇。他可能怜悯她，才不告诉她。这让她觉得非常可笑。

爱一个人，就会感觉痛。先是她生命里消失了一些东西，然后才是适应这个没有，享受这个有。在拘留所里，她真真切切地感觉到自己有过这种强烈感觉，好像有声音在对她说："前世我们在一起。"冥冥之中，她在等着什么事发生，或者说她的心里有个空位，一直在为一个人空着。

打开房间，一大束黄玫瑰插在桌子的玻璃瓶里。玫瑰丛中有一张小卡片。她好奇地取下来一看，竟是酒店那个姓郑的经理送来的，说是给柳璀压惊，希望她休息过来给他打电话，他希望有荣幸请她吃饭。

玫瑰很香，是"意大利钟楼"品种，花朵奇大，花瓣似绸。不知这种名贵品种的鲜花从哪里弄来的。

柳璀觉得一身都又脏又臭，那拘留所的尿腥味附在她的皮肤上。她去了浴室，迅速洗了一个澡。她出来坐在沙发上，想打开手提包，这才发现皮包是锁着的。当然，应当是锁着的。到这时候，她才意识到阚主任顺手递给她一把钥匙。她摸了摸裤袋，钥匙在。

看来她是走神了，被这些整日奔忙国家大事的人弄糊涂了。包里面基本上是空的，有一个棕色包装纸的袋子，打开来是整齐的人民币五十元一沓共一百张。一看就知道是银行里捆的。旁边还有十张一百元零币——这个李路生还知道多带点钱给她用。

也可能这事是阚主任安排的，那么这里的六千元，也是挪用的公款？

她不禁打了一个寒噤，他们一路上都在谈几十亿、几百亿的钱。不会，李路生不会是这种人，他整天生活在公事里，每月的工资恐怕用不了，这点小存款应当有。

不过她还是不由自主把钱袋赶快放回皮包里。在这个人人谈钱的地方，她不愿意与钱交道太深。

看看手表，八点刚过。她拉开窗帘，四周的群山尚未全部落在夜色里，江上的那些旅游船一排排的舱位，张灯结彩地驶过，江水拉起一长条亮闪闪的鳞蛇。而背景的峡山却是黑黝黝的，毫无动静，几乎是地老天荒一直没人迹似的。突然船的两翼向江两岸打起探照灯，贴烫着汹涌起伏的江面，光线擦过水波，仿佛发出唰唰的声音。

她走回床上，因为有床在眼前，人就想躺上。一躺上，人就觉得累。生活中很多事情发生，她一生难得遇到那么多让她困惑的问题，飞快地挤在这两天了。她想休息一下。

刚要合上眼，她突然想起，陈阿姨与她说好晚上见面，她无论如何应当去一次。况且，钱已经到了，就应当赶快送去。

柳璀推开酒店的旋转门，警卫毕恭毕敬候在一旁，穿得像民国大元帅。她请他给叫个出租。那个青年为难地抓抓后脑勺，几乎把那顶高高的帽子给推落下来。

她看出这是个刚上班的乡下青年。

正在这时,一辆出租车滑到大门的车道上。那青年有点儿不好意思地走上前去,给柳璀打开门。

她说去鲥鱼巷。司机用本地话重复了一下,柳璀也用她认为最地道的四川话重复了一下。这个司机大概以为这里的住客不会在这个时候到旧城去。

下过雨后,空气异常清新。一路上,司机话倒是不多。柳璀用四川话问了一句:

"你们良县的干部啷个样嘛?"

司机愣了一阵,习惯地朝汽车四周看了一下,然后神神秘秘对柳璀说:"这个地方有妖气!"

柳璀愕然,完全没想到问出这样的答复来。司机是个小伙子,似乎没有必要相信这一套。但是司机一开腔,话就往外倒:

"这里鬼气十足,人在这儿平地无事也三灾四病,我们这儿的老年人说的。你看这山上建的大批商品房,完全像个棺材盒子!当官做民,一样会中祟。穷山刁民,恶水贪官。像你这样的外地人得注意,当心被人害。"

柳璀不高兴了。她说:"难道这里不是中国最漂亮的山水?"

"来看的觉得漂亮,住的就不一样。"

柳璀忽然明白,司机说的是很真实的大白话,一点儿不神神叨叨。父母原来是到这里来"住"的,不像她是来看的,所以她至今还没有明白这个良县为什么成为母亲心里一个结,始终过不去,忘不掉。

她正想得出神,司机问:"鲥鱼巷几号?"

车子是开不进去的,那是下坡的石梯路。司机是有意考她。

她说:"就在这里好了。"掏出钱,她就下车。付钱时看到司机似乎在讪笑,她觉得心里有点慌,那表情有点儿像他说话的腔调,装神弄鬼似的。

柳璀东一脚西一脚摸进黑乎乎的巷子里,找到陈阿姨的家。陈阿姨背对屋里昏黄的灯光,惊叫起来:"这么晚你还来,吃过饭了吗?"

柳璀这才想到一直没有省起应当吃点东西,李路生让她自己去吃晚饭,她却又心不在焉地走了出来。被陈阿姨一问,她感到肚子饿极了。

她摇摇头。陈阿姨拉着她的手,直接进到里屋。外面的小木桌搬了进来,屋子稍调整了一下,显得更整洁。矮矮的桌子上摆着杯盘筷子。

她在小凳上坐了下来。屋子里还是有中药味,不过,她已觉得不难闻了。房间里开着窗,江风习习吹来。陈阿姨笑了起来,说:"我料着你要来的,怕你就是没有吃饭。"

她去了厨房,锅里传出烧煮的香味。没一会,她给柳璀端来一碗蛋炒饭,一小盘自己做的泡菜,还有一碟豆腐干。"蝶姑去医院了，我原想到你会来，让她代我去。"

柳瑾笑了，端起碗来，吃炒饭，简简单单的泡菜豆腐干真香，很开胃。她对陈阿姨说："你怎么知道我来不了？"

陈阿姨把一杯老荫茶放在柳瑾面前，她说："月明一出来就到我这里，所有的事情都说了。他要我想办法把你弄出来，说你这人好。"

不知为什么柳瑾脸红了，她吞了一口饭掩饰过去。

陈阿姨说："我知道他们不敢把你怎么样，而且我想你肯定是要给他们出个难题，故意不离开那个鬼地方。"

"你不是抱怨你儿子什么都不跟你说？他不就马上跟你说了吗？"

"他不傻，你瞧他老做傻事，都是他自己的事。关系到别人的事，他不傻。他大概认为你是我的客人吧，我们应当对你负责，就来告诉我了。"

"我听见你提过一下，你家先生今天晚上之前会来。我就让月明到江边等，他知道总部那几艘快艇的样子。"

柳瑾惊奇地说："原来是月明见到了路生，是他告诉路生我的情况的？"

"没有见到，"陈阿姨拍了一下手说，"等你先生的人太多，码头上全是我们良县市府里的人。月明被赶开了，根本挤不上。他看见那个汪主任也在，想上去跟汪主任说，不料汪主任发了脾气，命令警卫抓住月明。不知为什么,可能不想在码头弄出事来,才摆手叫放了他。"

"月明对汪主任说了什么,让他不高兴?"

"只说了一句:'李总夫人怎么没有来码头?'汪主任当然明白这话的意思。月明留个心眼儿,他又回到老公安拘留所院子门口去等。后来,看到你先生开车进了院,才赶回来告诉我。让我放心,说你不会有事了。"

柳璀心里一热。"我连累了他。他还被警察打了。"话一出口,她就后悔了。

"该打,打得好,让他有记性。"陈阿姨嘴上这么说,却掏出手帕去擦眼里的泪水。她一下注意到柳璀受伤的左手腕,抓过来心疼地看,眼泪又涌出来:"痛不痛,要紧吗?怎么说的,是他连累了你!他去交什么信嘛。"

柳璀问:"现在月明在哪里?"

"说是今天误了一天工,晚上他还要回小学宿舍去,同事都等着他回去,打听情况。然后他又得到山上去赶工。明天要交货给礼品店。"

柳璀要问的事情实在太多:"月明去递意见书,肯定是有道理的。"

"什么道理呀,"陈阿姨很不快地说,"水位线下就地后靠,来量了,我们住的这房子刚好在水位线上面,所以不够拆迁资格。

这地方小是小,没有卫生间,连洗个澡的地方都没有,可是住惯了,有感情了,不搬也好。拆迁费吵架与我们无关。"

柳瑾想到那么漂亮的新城,应当每个人欢欣鼓舞,却轮不到这个陈阿姨一家。但是陈阿姨似乎无所谓。

"再说我和老伴都没有退休金,他的病就靠姑儿和月明挣几个钱。外表那么漂亮的房子,里面都是毛坯房,装修还是得用自己的钱,恐怕也不会比房价便宜多少。反正装修不起,不知多少人为装修房子还得打破头弄钱!我们省了这烦心,也好。"

"那月明去抗议又为什么呢?"

"月明是给人当枪使了。你阿姨以前也是干部,这点当然懂。他那些同事,小学老师,个个胆小,说月明既然没有利益关系,他去递意见信最合适。"

"为什么有利益关系就不能说呢?"柳瑾觉得自己真是不懂民间疾苦。

陈阿姨把围裙取下来,叹口气:"以前,权是祸害;现在,钱是祸害。老百姓为几百块钱能打破头!干部为几百万也能打破头。月明伸出头去给人打,犯得着吗?"

"照你说,这里干部肯定贪污来着?"

"这不好说。从前,也有干部不爱升官的。老陈就不,得了个什么下场?!"陈阿姨看着柳瑾,"我不该说,你从哪里来,还会回哪里去。我们一辈子在良县,死了也留在这里。哪怕是蓄水这样的大事，几十万年也轮不上一次的大变化，老百姓顶多也不过是朝后搬几步而已。"她的话其实一清二楚，条理分明，最后画龙点睛，"说到底，你跟我们不一样。"

听到陈阿姨这一大堆不酸不咸带讽刺的话，柳璀反而觉得亲切。陈阿姨放弃了客气的门幛，使她终于摸到乱糟糟的事情的线头。这次她得小心，不能轻易错过了机会。

"月明知道我父母在这里的事吗？"

陈阿姨不说话，她去厨房，房子大门早就关上了。她回到房间里，坐下后才说："我从来不提你父母，跟儿子，跟现在的老伴都不提。几十年，一个字也没向任何人提过。连老陈在世时，我们也尽量闭口不谈。"

柳璀放下碗，很惊异地说："那又为什么？"

陈阿姨长叹一口气："慢慢说，慢慢说，你先吃，你不着急走的话。吃完咱们俩再谈。也不知道这辈子还能不能——见到柳家的人。你来了，跟你母亲来了一样。这几天你来了三次，邻居就在问，来的什么人，我只说，'远房外甥女，太远了，一直没联系'。"她在对面的凳子坐着，有点儿犹疑，手擦着围裙。

柳璀把凳子搬过去，坐到她身边："陈阿姨，你连我还信不过吗？"

"阿姨是怕你不高兴。"

柳璀明白她应当主动拆除这层障碍。

"陈阿姨，我太累了，想到你的床上躺躺，你陪陪我躺一会儿，行吗？"说着就站起来，往床那头走。

陈阿姨马上摆手，拦住她："不行，太脏太脏，不能让你躺。"

柳璀不由分说，拉着陈阿姨的手，就坐到床边上。她脱了鞋子，床上的确有股味，枕头上的汗味特别浓。她干脆把有点黑的蚊帐放下来。本来就只有房间另一头的黄灯光映进来，放下帐子，床上更暗了，看不清被子枕头的颜色。但这隔绝出来的安宁正是她所要的。陈阿姨完全没想到柳璀真的一副静下心来听的架势，想懊悔也太晚了。也就上床了，她把叠好的被子垫高枕头。在这个硬邦邦的旧木床一躺下，柳璀感觉心就安定多了。

"陈阿姨，你从来没对人说的话，四十多年前的旧事，现在该说给我听了。"

"哪里的话呀？"陈阿姨反而犹豫起来。

"我知道这事跟我有点儿关系，你不说给我听，我就一辈子不会知道了，柳家也就永远没有人知道。"她顿了一下，"要不，你上北京来跟我妈说？住上一个月，只要你喜欢。"

"你真是个聪明透顶的姑娘！"陈阿姨叹口气，"好吧，我就一壶水倒光。只有一个条件：有什么不中听的，你不要打断我。有什么话，听完再问，好吗？"

柳璀用手按了按旁边躺着的陈阿姨的手：她完全同意这条件。

21

厨房里飘出熟悉的草药味。陈阿姨说，那年怀孕，她的反应大，跟蝶姑吃的这种草药感觉差不离，成天寡肠寡肚的，想吃点肉。好不容易买到了，吃了，却全部吐出来。几乎天天呕吐，胃口又越来越刁，心里猫抓似的烦躁。齐军医来查过，说是羊水过多，胎位不太稳定，要她卧床休息。

但是那段时间太忙，她没当一回事。

他们吃机关食堂大锅饭，她经常去要点米汤，泡点红糖，算是给自己和孩子的一点儿特殊待遇。幸亏她从小做惯了田里活，身子骨硬朗，人又年轻，倒头就能睡。所以，看着肚子一天天大起来，还是继续在外面跑上跑下。

丈夫老陈的工作比她还忙，要布置新成立的武装部下面各县区的工作。前一年他刚在清剿的残匪战斗中受了一点儿伤，不过他这个人命大，身上十处伤，从来没有伤到要害，这次臂上的伤也是很快就好了。这一带深山老林，剿匪很难，死了不少人。大股土匪一消灭，就开始镇反，各地抓溃散藏匿的土匪，有罪行的全枪毙。刚解放那阵子，火药味还是很浓。

陈阿姨开始忙活妓女改造时，柳璀母亲还没有来，没有看到老陈他们部队与民兵全体武装出动，子弹上膛刀出鞘。一个半夜里，封锁全部码头包括临江的几条街，封屋抓人。

那时没有多少妇女干部，陈阿姨怀孕了也照常参加工作，执行任务。这一夜弄得鸡飞狗跳的，妓女和嫖客乱跑。她们按住妓女，士兵抓嫖客，登记后才放行。

妓女改造班，一上来就困难。柳专员要求找出恶霸，作为控诉对象，这个良县是小地方，大部分是暗娼，没有登记的正式妓院，找不出老板。

陈阿姨注意到一个年纪稍大的女人，叫红莲。说稍大，也就二十五六岁，人叫她红姐，是几个妓女的头儿。在陈阿姨看来，不过是几个年轻妓女请红莲主持合伙。红莲长得挺漂亮，瓜子脸蛋儿，长睫毛，身段也好。在乱糟糟的一帮女人中，人又勤快干净，女红最上手。陈阿姨了解到，她父母双亡，不满哥哥主持包办婚姻，深夜逃出村庄，不幸被人拐卖给走船的老板，又被转手卖给妓院。

红莲对她说自己是从山里逃婚出来的，因为夫家她从未见过，她非常畏惧，担心自己嫁给一个歹人。

陈阿姨也是从乡下逃婚出来的，只不过她刚好碰上了山里的共产党地下游击队。同一个路子出来，遇到的人不同，命就不同。

红莲一再说，她对改造班的前途，随便被什么男人领出去，也就是被迫嫁人，特别害怕，跟以前的害怕心理感觉一样。红莲说，那不也是包办婚姻？比家庭包办更糟。

她劝说红莲，嫁给工人阶级，总比做妓女好，要相信人民政府，给你一条新路。

红莲说，做妓女至少知道为了一个目的跟男人睡觉，被迫嫁人，永远被这一个男人睡，完全没有自己的好处。

红莲坦诚的话，让陈阿姨吃了一惊——她从来还没有朝这个角度想过。她觉得红莲这个话，还不能说没有点儿道理，最多只能说红莲一句"不道德"。晚上她说给老陈听，老陈骂她没头脑。她顶了一句，老陈的态度从来没那么坏，大声吼"闭嘴"！砸了一个碗，还伸手打她一巴掌，但她这个女游击队员一闪身就躲过了。亏得老陈砸烂的这一个碗，不然她在会上冒失说出来，就会犯政治原则错误。别人甚至会怀疑是她帮助红莲逃跑。

抓住红莲的那天晚上，陈阿姨的肚子很不舒服。任务来了，她都起不了床，肚子里的孩子把她折腾得很累，她只好躺回床上。老陈很不放心，不愿意离开她，但他是军人，服从命令，还是佩好枪走了。

这一夜都无法入睡，肚子断断续续地痛。陈阿姨只有请齐军医来。齐军医说，这恐怕还是正常的，让她安静，只是这几天要多注意，若有不舒服，就叫他好了。

临近天亮时，陈阿姨睡着了。

第二天一大早，大概六点半至七点，街上已经早集，哄哄闹闹的。院子里不时就有人奔跑的脚步声。陈阿姨听到有人在喊:"抓住了,抓住了。"

紧跟着,妇联的一个女同志来找她。那女同志说抓住了跑走的妓女红莲,还有寺庙的玉通禅师。"那个红莲竟然在寺庙与玉通禅师奸宿,在他床上活逮住的,抓奸成双!我们的情报工作真了不起。你相信吗?这次对我的教育可大了。"她激动地说,"外面正在游街。走,去看看!"

陈阿姨听了吓了一大跳!她听说那和尚是世外高人,怎么会跟红莲在一起,而且偏偏在床上被一道抓住?她心里暗暗叫苦,觉察事情有些不对。肚子里有气胀着,她站着不动,感觉那股气在转动,突然打了一个结,她抱着肚子,真痛!但她还是扶着墙出去,跟着同事出去。街上人山人海,还不断从横街里拥出来。游行的那堆人已经离武装部院子不到二十米距离。

她靠在门口的一坡台阶上,正好游街的大队就推搡过来了。四个壮汉扛着一条又粗又长的竹杠,上面捆着一男一女,剥光了衣服,裸着身子,反背着手臂。捆的样子很怪——其实是四川乡下抓奸成双后,若双方家族里坚持,就给最严厉的惩罚方式:两人反背,手臂张开反捆在一起,双腿也叉开反捆,长竹杠子从他们后腰中间穿过。所以两个人身体反躬出来,挺着肚子,好像有意暴露出私处,样子像上刑一样痛苦。而且他们两人看来都冻坏了,嘴唇惨白,脸乌青。武装人员后面端枪押着,前面开道的很困难地推人群,两边还有人卫护不让人靠得太近。这两个人就光着身子,正面对着街两边的人群,被抬在空中,比人群高出一个肩膀。

那个和尚年纪已经不小,光头上长出一些头发楂儿,白花花的。他紧闭双眼,歪着脑袋,或许是昏过去了。红莲头却昂着,眼睛圆瞪,头发披散,有的就披到和尚的脸上。

陈阿姨下了几级石阶,想跟着红莲走。突然,她觉得红莲看见了她,被人抬着走,眼睛却直望着她。她觉得很恐惧,双手护着她的大肚子,往后退了几步。但是红莲的眼睛还是望着她,好像要她负全部责任似的。

街上挤得像煮开了锅的沸水,人们乱吼乱叫,警卫班开道也很难通得过去。街一边人看淫妇过了瘾,还要挤到另一边看无耻和尚;看过无耻和尚的,还要挤过来看淫妇。赶集的农民,镇上的市民,一个个都想钻到前面,朝两人吐口水,扔臭菜帮、臭烂布鞋。有的人还用尖石头砸他们。

一阵混乱后,队列已经很难行进。陈阿姨看到这两个人头上身上脸上,挂满了唾沫和浓黄的痰,石头打出的血,顺着往下流,样子惨不忍睹。

挤到前面这一段街时,人更多,很多老百姓跑上去又掐又捏,抓红莲的两个奶子,抓和尚腿间的那蔫成一团的玩意儿。警卫看这阵势,无法无天,根本拦不住,只好不管,人们闹得更凶。街上一个女人竟然找了根擀面杖似的东西,去捅红莲的下身,捅出鲜血来,周围一片喊好:"活该!这下子操够劲儿了吧!"

红莲嘴都咬出血来,眼睛却还在人群中寻找,还是找到陈阿姨,盯着她就是不转眼。红莲原本水灵灵的眼睛,此时露出疯狂的绝望,却没有求救的哀怜。

陈阿姨不明白为什么红莲就盯住她一个人看,即使她偏过一点脑袋,也能感觉后脑骨被盯着,阵阵发麻。这街上红莲认识的人应该很多,改造班的干部也有好几个在场,怎么就盯住她看呢?除了她待红莲比其他人要和蔼一些外,她不可能、也不敢与别人不同,难道这就是理由?而且红莲那眼火辣得过分,丝毫不变,狠命地盯着她,仿佛要钻入她的肚子里。

她吓坏了,不敢与红莲四目相对,掉过脸,朝武装部的院子走。可是她感觉到红莲还是盯着她,她慌了神。就在这一刻,肚子像刀割一样唰地一下尖痛,紧跟着羊水流出来,孩子在肚子里直踢猛抓,裤子湿了,她用手一摸,发现是水里夹带着血,当时就晕倒在台阶上。

同事把陈阿姨抬回家,齐军医也赶来了。她不知齐军医手忙脚乱地在准备什么。同事赶去叫老陈回来,说是他妻子恐怕是难产,母婴性命都怕保不住。陈阿姨过了好一阵,才醒过来,听见了,连忙阻止同事:"告诉他一声就行。"

外面一直闹哄哄,口号声传来。说是在开公审大会,她知道老陈在这时候走不开。女人生孩子就是受罪,命硬就能活下来,命不硬丈夫也没办法。

但是老陈还是赶过来了,他很着急,蹲在床边抚摸着她的头,一点不像平时那个粗心样儿。外面哄闹的声音更大,她没法听出究竟是怎么一回事。看见她痛得脸都变形了,老陈急得直在屋子里走动,六神无主,他冲动地捉住她的双手,放在胸口,对她说:"你和孩子若有三长两短,我也不肯活了。"

她听了这话,泪水顺着脸颊淌。但不到一会儿,老陈就被叫走了。她咬着牙齿,忍着痛,突然她看见红莲就站在面前,眼睛依然奇怪地盯着她,她禁不住浑身发抖。

"你看见了吗?"她问扶着她双腿的女同事。

"看见什么?"女同事四顾说。

她定眼一看,床边确实没有红莲。可一会儿,红莲又出现了,她吓得昏了过去。突然传来了枪声,是一阵枪声,然后是山呼海啸般的哄叫。

她听不清他们喊什么,不过她知道,每次看公开处死犯人,围观的人在开枪的刹那总有这样莫名其妙的喊叫。突然枪声又响了,一枪接一枪。她觉得这枪声是朝她而来,很近,很直接地对准她而来,枪声就在耳边。她腿间有个东西拼命往外窜,她大喊着,那东西不顾她痛,往外窜。只是钻不出来。

这样过了好一阵,她怀疑自己过不了这一关。这时却听到有人把齐军医叫走，齐军医只好交代几句话给几个女同事，就急匆匆走了，没有再回来。她眼前一片漆黑，真不知在什么地方，真是如同下地狱一样可怕，她禁不住拼命摇头，要滑出那可怕的漆黑。突然，她终于停止了叫唤，晕死过去，好像头上挨了枪子儿。

等到她醒过来，月明已经生下来。一个女同事捧给她看，一个胖乎乎的儿子，浑身黏着血，还未来得及洗干净。女同事告诉她，原先齐军医说是胎位不正，一直在设法掉转，所以不敢走开。医生被叫走时，胎位还是没有翻过来。医生一走，大家都已经绝了希望，难过地等着她和孩子最后咽气。没料到孩子却自己反转过来，顺产生了下来，也不知道为什么她们娘儿俩能死里逃生。

她抬起身子找老陈，老陈不在，过了一阵才汗淋淋跑回来。老陈看到她们母子俩，样子却并不如她想象的那样高兴。

她问他："怎么啦？"

他说："两头顾不上，真是对不住！"他情绪大变，抱着她哭了出来，"真没想到，你们娘儿俩都好好地活着！"

但是他又不得不急着往外走，只是请几个女同事帮着洗洗弄弄，让陈阿姨好好睡一下。

陈阿姨刚睡了一会儿，同事给她端来酒酿荷包蛋。她模模糊糊听见周围人在说，她临产时，齐军医被叫走，因为柳专员爱人也发生了难产，而且现在正带了医生搭上轮船，急急赶到重庆去。

陈阿姨说:"结果,你知道的,我们母子俩,你们母女俩都是一切平安,一场虚惊,你母亲却吃了大苦头。不过我们的苦更长。老陈后来挨了组织上严重处分:对敌斗争不坚决,在运动紧要关头立场不稳。"

她说老陈到后来才告诉她那天夜里的事。原来半夜赶山路,路上还牺牲了一个战士。柳专员拉出去的是武装部的老兵,士兵也和老陈他们一样不知道具体的任务。他们走进山里,月亮就被云遮住,而且细雨绵绵,山石路很滑,而他们只带了一个电筒。只能靠听猿猴或其他野兽的号叫辨别方向。幸亏老陈预先布置了,一律只带手枪,轻装前行。

突然,在最前面的士兵惊叫一声,滑倒在地,然后就消失了。他们用火把一照,才发现这里路过分窄,下面是悬崖。那些士兵议论纷纷,说这条路平日下午四点后就不敢走,太阳下山后更没人敢走,这儿阴气重。老陈命令下去一个人,看看跌得如何,设法救上来。

柳专员瞪着眼睛说:"不会打仗了?"

老陈咕哝说,他不知道这在打仗。他不顾柳专员的脸色,还是留了一个士兵在此,等天明看情况。其余继续赶路,直奔南华山中水月禅寺去。

到庙里,只见和尚和几个徒弟坐着在打禅。柳专员命令先抓和尚,罪名是窝藏土匪——一个月前的确有土匪逃到过禅寺。他们把和尚绑上架回来,这次点了一串火把才顺利下山。到城外的一个土地祠,那是荒郊野坡,老陈到这里才看到,红莲已经被抓到那里等着。

柳专员就做布置,叫老陈和支队长处理武装押送,清晨六点半进城,而且像乡下人抓奸那样处置。

老陈问了一声:"为什么?"

柳专员骂了老陈一句"愚蠢"!就撇开他,把支队长叫过去布置了一通。最后临走时,走到玉通禅师面前,打量着他,低下身去对玉通禅师说了一句什么。玉通禅师气得脸色发白,对柳专员说了四个字:"德亏必报。"然后闭上眼睛,似乎想使自己平静下来。

柳专员暴怒地喊:"反动!猖狂!"他一句话也不愿再说,匆匆地离开了。

老陈还说在公审大会前,柳专员对他说,要他与先前一样主持枪决行刑。他觉得心静不下来,怕到时候枪打不准,因为老婆正在生孩子,难产,可能两条性命都没了,他希望柳专员另外派人执行。柳专员这下子真生气了,但还是让他负责警卫会场。他不顾一切往家里跑。结果会场上又出现群情激昂抓打犯人的事。

宣判后支队长安排一个班士兵执行枪决。红莲和玉通禅师跪着面对行刑队,红莲在那里高叫"冤枉!冤枉"!那天士兵可能被周围的混乱分了神,枪法不准,把红莲和玉通禅师两个人打得血淋淋的,他们身上中了好些弹,倒下了,却没有死,流满血的身体在地上乱扭动，把满场的群众吓得狂叫。

……

老陈知道整个事情经过太多，但是他受处分时，已经被两个月的"教育会"斗惨了，根本不可能为自己辩解。柳专员却因为善于发动群众，阶级斗争火焰高热气大，镇反改造有声有色，接下来的土改和其他一系列运动就顺利开展，提拔到省里。柳专员带到良县的干部跟着也一个个提升了。

老陈被降级，留在地方上，他不服上诉，陈阿姨也帮他喊冤。最后两人都以反党罪名被开除党籍和干部队伍，一辈子成了靠双手自己挣饭吃的平头百姓。没有戴帽子劳改还算是客气。

老陈死在这里，他在后山的坟应当算水淹迁坟。挖出来才发现骨灰陶罐太次，已经破了，里面只有泥水。

柳璀听得口呆目瞪，气都不敢透，原来她竟然是在这样的喧嚣与血腥之中出生的。她没有见到的那一切，没有意识的年代，现在都被陈阿姨的回忆带回来。她无言以对。

听了足足一个半小时，两人早就躺不住，坐了起来。浓烈的草药味弥漫了空气。她想，那药水想必又苦又涩，可能会把泪都喝出来。两个人抱着膝盖，背靠着枕头，把枕头竖起在床挡头当垫子靠着，面朝同一个方向。陈阿姨没有面对柳璀说这个故事，柳璀也没有朝她看，有些地方，后来想想有点儿弄不明白，但是当时却不成为问题。

显然，陈阿姨说的，与母亲前天夜里说的，是同一件事，两者之间没有任何矛盾之处。可是同一桩事，有如此不同的观察角度，让人得出完全不同的结论。母亲只知道她看到的情景，不知道父亲具体的处理安排。但是母亲真的不知道吗？柳璀想，如果完全一无所知，母亲和陈阿姨，父亲和老陈，怎么会一辈子再没有往来？

政治就是无情的，犯错误，就是站到阶级阵营的对面去了。一旦有所同情，无疑引火烧身。但老陈"犯错误"，这次可是犯在父亲的手里。至少这事情过去了，父亲完全可以开恩原谅，不必对老陈追究到底。

但是父亲什么也没有做。他似乎想早点忘记这整个事情，一辈子不想听见"良县"两字，起码柳璀的记忆里没有听到父亲说到过这个地方。

母亲也没有救援之心。陈阿姨在多少年之后，写过一封信给母亲，母亲都没有回。或许，母亲也可能觉得她无法把历史理清楚，没这个权力，也没这个胆量。

陈阿姨说："当年你父亲平反，开追悼会，我以为你母亲会来信请我去省里。结果也没有。以前我是她最好的朋友，我们俩做孕妇衫，一件是为自己，一件是为对方，做婴儿衣服也是如此，而且什么话都说，什么烦心事都一起分担。可是，从她生你那天离开良县后，她从未回来看过这地方，我就知道，她不愿与我有一点儿牵连。"她声音很悲伤,但是没有落泪。

柳璀的心里很乱,人对人都太狠心。

"当然,这不是她的错。一个女人嫁对丈夫就是一种命,我与她的命相离太远,一个在天上一个在地上。"陈阿姨说。

据说剖腹产的孩子大都缺少耐心,这点柳璀一点儿不像,她耐心,沉得住气。心理学说人在胎中就有所感觉,成长也会受其影响。来良县前,她对那些发生在1951年的事,怎么一点儿没有感觉呢?

22

假定陈阿姨说的只是她和老陈见到的事实,假定只是片面的事实——柳璀想,那么她的整个出生,未免太肮脏,而且太暴力,太残酷。不仅如此,里面有一种最基本的不义,最起码的颠倒。哪怕是革命年代无法避免的血腥,哪怕历次运动中一向有错案、假案,都无法辩解这一种恶。

陈阿姨突然说:"你今天被关的那个拘留所,以前就是良县武装部关犯人的。"

柳璀呆看着陈阿姨,紧张地问:"你是说就是红莲和玉通禅师枪毙前关押的地方?"

"就是，同一个院子，同一个黑牢，"陈阿姨回答道，"老陈就在那里办公。只是房子后来多建了一些。"

柳璀双手捧住脸，心里直说："怎么可能？怎么可能？"虽然她没有想清楚究竟是什么弄糟了，她的双手却禁不住发抖，但是她控制住自己，一声不吭，不让陈阿姨看见。陈阿姨抱着她的头，轻轻抚摸着她的头发。

很久屋子里也没人说话。远处有鞭炮声，不知是喜事还是丧事，那鞭炮声持续了很长的时间，仿佛整个下城都安静下来，为了听这声音。

还是陈阿姨说："太晚了，回去吧，都快十一点了。"

柳璀点点头。她想的问题太多，反而不知道怎么想。

她找地上的鞋穿上。如果有人应当忏悔，不是她，也不是母亲，而是父亲，但是父亲早已不在人世。如果人死真有灵魂的话，那么父亲一定知道她现在到了良县。或许是他前来，带领她看清楚她生前的一些事。

柳璀非常哀伤，看着窗外的黑暗，她心里叫道：父亲，如果你的魂在这儿，你会不会懂为什么我不肯哭泣？你是否赎清了罪，还清了债？

她记忆中的父亲，完全不是弄奸耍猾的政客角色。相反，在省里，在西南局干部系统错综复杂的斗争中，他总是尽量躲开，他的政治生涯似乎避开了一切的纠纷。

父亲并没有步步高升——五十年代初似乎升得挺快，从良县到重庆市，再到省府成都，以后就老老实实做着他的省委宣传部副部长，做什么都没有锋芒，没有棱角，一个灰色的人物。宣传部这职务，的确最危机四伏。他如临深渊，如履薄冰。由于装聋作哑，他才不是落马最早的。

以前家里有一张照片，母亲抱着她，父亲站在她身后，一家人看上去非常幸福。现在算来是他们从良县回到重庆后拍的。母亲的模样还是那么年轻漂亮、清静雅致，面容没有露出一点儿倦意，她含着笑。反而是父亲显得僵硬古板，中山装衣缝笔直，像刚浆烫过，挂在衣架上。他的头发大概刚理过，两鬓剪掉太多，上面的头发笔直，按尺寸画出来的。父亲的样子，在今天的社会会被认为太土，不能当干部。

在柳璀的记忆中，父亲很宠母亲，家里凡事都听母亲的。她小时没有多少机会见到父亲，干部子弟学校管理很严，只有星期天才准回家。父亲几乎永远在开会，星期天在家的天数不多，在家不看文件的时间更不多，能陪她出去玩的机会就少得可怜了。

那时她心里一直认为母亲夺走了父亲的爱，夺走了父亲全部的时间。夜里她偷偷走到父母的房间门口，但她推不开，门关得紧紧的。她就坐在门口的地上听，有一次坐得太久着了凉。父亲问她，她才说。父亲听了后，把她抱很紧。

有一年暑假，父亲推掉外地的会议，带着她和母亲，三人一起去爬峨眉山。那时她还在上小学二年级，爬了一会儿石阶就不行了，要用手撑才能爬上石阶。父亲就让她跨坐在肩膀上，扛着她走。他说："再过几年爸爸老了就扛不动你了。"

"没关系，到时我扛你，爸爸。"她说，"我长大了要为你做好多好多事。"

她一句也未提母亲，母亲在一旁说："小璀偏心眼！"

他们在峨眉山顶拍了张照片，那以后就从来不再有三人合影的机会。父亲站在中间，双手揽着她和母亲。整张照片差不多四分之三是群山起伏的背景。

"文革"一开始，全是昏天黑地的日子。那时她刚进高中，参加了"红卫兵"，没有回家，没有心思，也不想有这心思打听父亲的消息。或许潜意识里明白打听了，她无法对付坏消息。

各派"红卫兵"组织势力起起伏伏，有时得势，有时失势。她成天成夜住在队部里，抄大字报和标语。一直到有一天他们的组织发生政变，一批本来是下层成员的低级干部子女，组成了新的"勤务组"，打进了司令部，说是要清除领导中的走资派子弟。一阵拳打脚踢乱骂之后，老总部的人被一个个叫去说话。其实话都一样：这个组织要生存下去，只有改变领导机构才能自救。

她说，她不是"走资派子弟"。

那个以前是部下的姑娘，绕过桌子跑到她跟前，关切地说："你是真的还是假的不知道？你爸爸已经关进牛棚，好长时间了。两天前他被抓起来，省委大院里有不少打倒你父亲的标语。"

她说，她一直未回去过，真不知道。

"去看看吧，去看看。"她也是干部子弟，态度还是挺同情的，"不过，今天是省委的批斗会，你爸爸可能会在台上。你今天不去也好。"

那天下午，她好不容易忍住了不去看父亲。但是她心情如在油锅里一样翻滚，她一个人在护城河堤没有目的地走，一边走一边哭，泪水也许就是在那个时候哭干的。全城都是传单，包括她满手油墨印的传单，连城墙上也贴满标语大字报，不过那些匆匆走过的人没注意她。

她也是参加过批斗人的，但"保守派""红卫兵"一般都是批斗资产阶级知识分子，那些教授专家什么的。女"红卫兵"就要对教授夫人动手，虽然她从来没有打过人，她不记得打过任何人。

她完全能想象父亲在台上的样子：头发剃掉一半，脖子上垂着沉甸甸的木块，上面墨汁淋漓地写着他的名字，胡乱涂了点红杠子，前面加了各种最难忍受的形容词。被造反派红卫兵双臂反剪，她想象着这一切，感到十分羞辱。

她早就知道，省委一批批下台的干部，有不少人恨父亲，说他靠装傻，才成为"不倒翁"，掌着大权。父亲的"不卷入"式成功，最后成为被人往死里整的最重要原因。

那天直到夜里，她才偷偷回去，她想至少可以见到母亲。但是家里被贴了封条。她走到院子另一侧，找老警卫员。见到敲门的是她，警卫员马上用手指嘘了一下，让她别作声。

警卫员帮她小心翼翼打开门，揭开掉落一半的封条，准备之后封上。

昏黄的灯下，家里什么都没有了，大部分"政治上错误"的书撕烂撒了一地，瓷器统统砸烂在地上。家具被毁坏了，连她自己的房间也不剩下一件完整的东西。警卫员说，他的房间没有被抄，因此家里一些日用品"暂放"在他那里。

柳璀问父母在哪里。警卫员也不知道，但是他告诉柳璀，她的母亲也被造反派抓走了，但是父亲偷偷留了一张条子给她。

父亲的信里说，让柳璀看到信后，就赶快离开成都，到北京去找他的老上司李伯伯。李伯伯依然在部队里，情况会好得多。警卫员拿出两百元，说是父亲留给她的。

她拿起钱和信，毅然转身走了。

她从此再没有回过家，哪怕得到父亲自杀的消息，李伯伯也不让她回成都。母亲却被送去几百里外省委的"干校"劳动，她也没有被允许回到成都。那个时候，柳璀已经成为李伯伯的"养女"，去内蒙古草原军垦农场,等于半个军人,后来就直接到了大学里。参军是当时干部子女的首选,她从心里感激父亲弃绝人寰前,给了她一条幸运之途。

后来,省里整父亲的那一派垮了台,父亲的问题得到"平反",由于父亲已经"没有问题",那年柳璀也进了大学。

她们真正全家重新"团聚",是在新省委给父亲正式举行的追悼会上。共有一千人参加,李伯伯一家也专程去了。但就是那个时候,她还是不敢细问父亲究竟遇到了什么政治问题,竟然走投无路到如此地步。

父亲怎么会是陈阿姨说的那样的人?

不过,她没有理由怀疑陈阿姨会对她说谎:没有任何动机可言——一切都已经随风消失,该忘记的早就被忘记,这一代男人都走进坟墓,寡妇都在坟墓边上等待,有什么必要重新编织那么复杂可怕的一个故事?

母亲再三要她到良县来见这个陈阿姨,几十年不相往来的人。莫非母亲对事实真相,心里明白,却不敢自己面对,让她这个做女儿的来承受过去的重担?

这时候柳璀想起她今晚来陈阿姨家的直接目的,觉得十分尴尬:听了这段历史之后,拿钱出来,算什么呢?赎什么旧账,示什么恩惠?她不愿意听陈阿姨说:"把钱收起来吧。你陈阿姨饿死,也不会到你们门前讨口米汤喝的。"

不过，又有什么理由不拿出来？这不在于谁家欠谁家的，没有谁家该还情的意思。这是她本人的，与上一代人没有关系。

可是她怎么样也说不出口，她离开时，还是带着那个公文皮包。

23

在"文革"中，她好多次看见有人上吊跳楼的惨状，但是始终没有与父亲的死联系起来。她从来没有想象父亲死时是什么样子，虽然她一直后悔未与父亲见最后一面。

她一闭上眼睛，就看见一群少年在打一个四五十岁的男人。他们把他按在墙上，拳打脚踢。那人倒在地上，不停地求饶。他们还是用脚对着他的脸猛踢，沾着血，沾着肉块，骨头咔嚓断的声音，最后地上是一个大血团。

母亲对自己那段日子不愿意多谈，也从来不太愿意提父亲的死亡，母亲只是说，父亲被连续轰炸式批斗后，精神终于承受不了，神志混乱后跳楼自杀。

最后一次见父亲，是她从学校回家，突然下起大雨，刮起大风，她躲在街角。这时父亲打着伞、顶着风雨出现了。他对她说，就知道她被雨堵在这儿，他的笑容亲切，步子显得有些笨重，穿了件皱巴巴的短衫,不过更像她的父亲。她情愿保留这个记忆。

她在床上翻了一个身,整个脸陷在枕头里。陈阿姨说的那冤死的和尚和妓女,一直在她脑子闪现。行刑队的枪举起来,眼睛充满恐怖。乌红的血流了一大坡,不知道为什么有那么多的血,像开自来水管似的。那两具尸体被破草席卷裹起来,扔进一个大坑里,铲上泥土,埋了,镇反时杀的人大部分埋在那里。

陈阿姨说这儿的人总绕着路,不经过那个半山腰的坝子,怕惹来一身倒霉气。后来那儿成了一所中学操场,坡土铲平盖上水泥,架起围栏,成为篮球场。本地人,老辈早就忘了这案子,小辈人听过也如耳边风,没人记得这事。但是她还是不愿走那里。

昨夜陈阿姨陪她回酒店,到酒店门口停住脚步,说她这样打扮的老百姓不便进去。突然远处有轮船汽笛鸣叫,在这时候传来,柳璀好奇地朝江边码头方向看了一眼,神态有些莫名的不安。陈阿姨抓起柳璀的手说:"好好睡一觉,你也让我担心,就像担心月明一样。月明性格细致,虽然不会照顾自己,却总是为别人着想,非常孝顺。我们母子俩感情好到无话不说,他是我这一辈子的最大安慰!"

"难道……"柳璀心里疑惑的话,几乎要冲出口来。

"不错,"陈阿姨看着柳璀,继续握着柳璀的手说,"是红莲来报我的恩——当年是我帮她逃走的,没想到把她送上死路。我一直不知她是恨我还是感激我。现在,我知道她是感激我的。"

陈阿姨的话，柳璀听得心惊肉跳：看来陈阿姨深信不疑月明是红莲转世。照此推理，她就应当想到自己……不过这也太荒唐了。不过她与月明一见就投缘，话说个没完，有种彼此是知己的感觉。这怎么解释呢？

她刚想说什么，陈阿姨已经走远了。

她觉得天已经亮了，虽然这种酒店的窗帘向来厚到不透一点点光线，她知道，天终于亮了，可是她的眼睛就是睁不开，仿佛被什么胶粘住似的。应该会有什么人来敲门，或是电话铃声，或是来做清洁的酒店人员来敲门。这样她就可以完全结束这场痛苦睡眠。

但是始终没有等到。她还是得躲在床上，那些水里全都是腐烂的东西，更多的是头发丝，缠在一起，不知是死人的还是活人的。那些乌黑的头发丝在水面上，她要分开这些头发，才能浮出水面来。但是她没能办到，她又落到水里，那些乱得不成形状、不成逻辑的细节，又来找她，要她进去看个清楚。

她觉得应当有一个人能听懂她这些苦恼。能够是谁呢？她想来想去，她的生活中只有李路生，她的保护人，多年做她的哥哥、后来做了她丈夫的人。她试了一下，用尽力气喊："路生！"

她听到了回音。

终于睁开眼睛，一摸枕头，全是脸颊流下来的泪水。李路生果真在房间里另一端，开着一个台灯，想必在看什么文件。

她第一次发现李路生戴着眼镜，想必是老花眼镜。这个永远的少壮派也到了眼睛不灵之时？这个问题把她轻易地拖回现实中来了。

她坐了起来："路生，你在这儿？"

李路生赶快把眼镜摘掉，说："我昨夜进来，你已经睡着了，没有惊醒你。"他穿着内衣，但披了一件睡袍。

"这已经是几点啦？"

李路生看了一下手表，说："快九点了，你昨天肯定累坏了。"

"昨天？"柳璀想，"昨天怎么啦？"看来李路生以为她从拘留所出来，一直睡到现在。

李路生坐到她床边："真是抱歉，我至今还没好好问你是怎么一回事？"

"噢，那个小事！"柳璀从床另一边跳下来，"早忘了！"她走进浴室，开了热水冲澡，头发也洗了再洗。她觉得一身是味，不是昨天在那个臭熏熏的拘留所弄的，昨晚她已经仔细地洗过了。她让水冲下来，想洗干净刚才浮出头脑的那些血腥。她倒完几个小瓶里的洗发液，弄得脚底堆起一层厚厚的白色泡沫。

她用条干净大毛巾当胸一围，系好，便在浴室里吹头发。

妻子的大度，让李路生高兴起来，他站在浴室门口，笑着对柳璀说："真是，不跟这种七品芝麻官计较。"

"我这种小老百姓已经忘了，你这个大官儿怎么还记得？"柳璀讽刺地说。她关了电吹风,用梳子梳头,将头发往后梳,没有留一点儿刘海儿,这样她的额头显得高。

"就你大度。"李路生装着生气地走回桌子边看文件。柳璀看着他的背影,不知他昨夜睡了几个小时。她回到旅馆都十二点多了,因为没有出租车,也没有公共汽车,有摩托车,但是她不敢叫,觉得夜里摩托车路子野,一看就明白她是外地人。走路回酒店,黑地里可能找不到那条近道。有一个酒鬼,正在乱唱乱骂,往阶梯下的房子扔石子。她正在犹豫时,陈阿姨拿着电筒追了上来,一直把她送到旅馆,才自己走回去。

看来李路生睡觉越来越少。她知道现在的干部,上午做不了什么事,夜里忙个不休,早晨补个懒觉。只是李路生,上午用来看一堆文件资料。

李路生把窗帘拉开了,房间里涌满了阳光。柳璀这才看清他的脸,觉得丈夫真的老了,至少最近憔悴多了。她自己在他眼里,恐怕也是这样,不同的只是女人的老相更难看。

柳璀说:"把窗帘合上一些。"

李路生笑了:"怕谁看见?"他指指窗外,只有阳光下的长江急波湍流,对岸的层层青山。他好奇地问:"你怎么决定了原谅这些坏干部?"

"我知道了一些更要紧的事。"她想说。但是她不应当让上辈人的混乱干扰自己的生活，她想了想，决定不用告诉李路生她见到陈阿姨的事，更不想与他谈那些陈年旧事，她不愿谈这些。于是她说：

"怎么今天上午他们放过你？没人来抓走你，也没电话催命？"

"我把电话线拔了，手机关了，门外挂了'请勿打扰'，看他们怎么办吧。"李路生说，转过身来看着柳瑾。

"好，从此君王不早朝！"柳瑾笑了。

"那就要看贵妃每晨出浴才行。"李路生走上来。

柳瑾用手指刮他的鼻子，说："不要荒唐。"

但是她身上的毛巾，被李路生一碰就掉下来了。她赶紧上床，用床单罩住自己。她一向不喜欢裸着身子，她喜欢遮住身体，仿佛这样会使她觉得更安全。这张双人床很大，而且这房间的床是大双人床，和其他房间的双人床不一样。不过这房间是她要的，并不是丈夫的阴谋。

李路生抱住她，吻她。贴着她洗过带香味的头发，他轻声说："你把我晾在一边晾苦了。这么久才有一次。"

柳瑾这才想起，她急匆匆从坝区跑到这良县来的原因，是由于一个神秘女人。虽然她没有证据，而且至今对追问这事不感兴趣。但是这个李路生也不能如此装假——纯洁得好像一只羔羊。她推了他一下：

"等等，说清楚，你真的那么洁身自好？"

李路生反而把她抱得更紧，说："绝对，绝对干净，百分之一百干净。你知道的，刚才我在读文件，大贪污案的内部通报，几个副部级被拖下水，心里就想，在我这个位置上，一过手就是多少亿，如果老婆稍微有一点点，哪怕一点点私心，我肯定会弄不清楚，自己再当心也会被人咬住。"他狠命地吻她，"我的老婆真是让我从心里服气！"

柳璀明白，他是答非所问，但是她不知道他是有意躲闪，还是的确听错。李路生拉开她盖着的被子。

"看，不就是一干二净，毫无瑕疵？"他突然看见了她的膝盖上的肿块，"怎么搞成这样？"

她不想说，但他已猜出来是怎么一回事，声音听起来很有情绪，很心疼似的："这地方上的人怎么乱来？不过更显得你是大度之人。"

他的这一席话叫柳璀为难。到底问不问下去呢？问下去有点太酸。李路生已经脱掉衣服，抱住了她。国家的钱干净廉洁很重要，李路生这么说也是对的。

至于那件事，当然要弄清楚，她并不是那种由丈夫摆布的妻子。在这个特殊时刻，她不知怎么办才好。

李路生已经进入她的身体，她的肉体不由自主地激动起来。但是她并不想和他上床——她想说清，不过等这之后再说。她对自己说，有时间好好拷问他！

这么一想,她的身心一下就放松了。李路生和柳瑾几乎同时达到了高潮,两人身体分开时,已经汗水淋漓。

李路生从浴室拿了一把热毛巾来给柳瑾,然后自己去冲了个晨澡。等他出来,柳瑾对他说:"你休息一会儿,我给你守门。"

李路生听话地回到床上,瞧着柳瑾拉上窗帘,他连连打了两个哈欠。"没人敢来,你昨天已经让他们尝到了厉害。"他笑着说,"我想我们明天可以离开这个鬼地方。"

"去哪里?"柳瑾问。她从冰箱里取出一纸盒橘子汁,倒在两个玻璃杯子里,递了一杯给李路生。她很不喜欢用宾馆的高价冰箱,但是这个时候特殊。

"回我们在坝区的家嘛!你的假期不会只有三天吧?"

"那里不还是旅馆?"柳瑾不太高兴地说,她拿着杯子,心里隐隐感到不情愿这么快就离开这地方,虽然她不知道什么原因。

"借了一套带家具的房子给我。"李路生看了一下柳瑾,"坝区在号召职工买房扎根,但我知道你不会愿意。"

柳瑾没有接口,喝着橘子汁,她知道李路生也意不在此。她在科学院那套房子,算是他们的家,虽然家的气氛不够。厅里、卧室都放着书,像个图书馆;一间房放着大大小小的行李箱;另一小间就搁了一辆她的自行车。冰箱里全是超市的速冻食品,微波炉一热就行了。她的事业,不是愿意牺牲就能牺牲的。

李路生把杯子搁在床头柜上,躺下闭上眼睛:"先别想别的,今天晚上的重要宴会,不知道怎么弄的,那些港商台商,都知道我的'夫人'在此,一定要在宴会上拜见,他们都带着眷属。出席一下,不知能否得到'夫人'应允?我想,忙了那么多天,这最后一关,请你帮个忙。"

柳璀在沙发上坐下才回答:"你知道的,我不喜欢宴会,吃个饭本是简单的事,装几个小时笑容才累得慌,值得吗?什么了不得的事,非要我出席不可?"

李路生坐了起来,拾起床边的衣服,穿了起来:"又要谈工作了,讨厌。三峡的资金不靠计委,那里麻烦人太多。其实也不必靠国家投资,我们自己发行平湖债券,自己融资,完全可以做到借鸡生蛋,还能赚钱。港商台商两个融资团,有意投资,其实钱好办,政治意义更重要。今天白天良县这边人陪着去参观,下午准备签意向协议,意向能否巩固,经验是晚上宴会要开得好。"

"原来你要我这'夫人'为你凑戏!我搁下实验是来做这种事吗?"柳璀有意夸大她的不快。

"就露一会儿,一会儿,将就一次。何况你的长相一等。我看那些富商的老婆珠光宝气,这些商人眼光太成问题。"他穿袜子,眼睛却盯着柳璀的光脚,"微服私访露了身份的是你自己。本来我可不肯展览自己的娇妻。"

"这个酒店的经理是特务!是他偷听我们的电话,又引来那个汪主任！怎么是我自己露了身份？"

李路生嘘了她一下，指着门叫她静下倾听。

门外有脚步声，很急。

李路生与柳璀相视一笑。"开，还是不开，这是个问题。"他说。

像是回应他的话，轻轻地，带有试探性的敲门声响起来。

李路生把柳璀一把抱起，放在床上，拉过被单盖上。"我这就出去，你再休息一会儿。"他在柳璀嘴唇上吻了一下。"晚上六点在楼下宴会厅，我五点三刻上来接你——谢了，今天夜里再好好谢你。"

他看看手表，皱了皱眉头，走到门边。忽然转过身对柳璀说："你瞧，我不吃唐僧肉，恐怕我就是唐僧，这些人想吃我！"他脸上有一种嘲弄庸众的傲慢，"唐僧也有几拳脚，恐怕就没那么容易就擒吧？"

这话大概算是回答了她特务之类的说法。他一向说话这样神神秘秘，不屑于讲清楚。敲门声又响起，他稍打开一点儿门，闪身出去。

24

做夫人，一整天等着晚上开宴，这日子太别扭。

柳璀不太能理解这样的女人,但是这样的女人能让男人高兴吧——例如李路生的母亲,以前老说她是个当妻子的好材料:"上得厅堂,下得厨房。"

偏偏她上不了厅堂,也下不得厨房。在做菜和吃方便面中做选择,她总是选后者。这么多年来,她没有做过一顿像模像样的饭给丈夫。以前在父母家,后来在养父家,都一直有阿姨,她不用做任何事,实际上她几乎一辈子吃食堂。有点像托钵僧,乞食天下,从来不吃自家饭。

这么一想,柳璀感到肚子饿了,还是昨晚在陈阿姨那里吃的泡菜下饭。洗完澡,她匆匆在行李箱里找衣服穿,就听到门口有敲门声。

"早走了。"她不耐烦地喊了一声,敲门声停了。

过了半分钟,那响声又来了。

这门真可怜,总是被人敲打。柳璀走过去哗地一下把门拉开。一个陌生男人在门口,她仔细一看,原来是金悦大酒店的郑经理,那个把汪主任引来的家伙,但是他完全换了一个人:换了件灰色西服,没有打领带,昨天那种神气活现全不见了。

她简略地对门外的经理说:"早走了!"就想关上门。

"柳教授,"经理也学了她的称呼,不过声音放得较低,"我能否跟你说几句话?"说着他就想进房间。

柳璀还是想把门推上:"对不起,我昨天就对你们说清楚了,我不管李路生的事,正如他不管我的事,找我是白找。"

经理抬起头,她看见他一脸疲倦,眼睛布满血丝,一夜未睡的样子。

"请柳教授听我几分钟的话。"他哀求道。

"少来这一套。昨天你们设计陷害我,我还没有找你们算账!"柳瑾声音大起来。吓得经理朝两边看,生怕走廊有客人听见。

"我就是来告诉你昨天究竟是怎么一回事儿。"他的样子可怜,几乎像一只无家可归的小狗。

柳瑾拦着的手放下来,她转身一边往里走,一边说:"说精练一些,我还有自己的事。"

经理在一个椅子上小心翼翼坐下,不坐沙发。他开口说的话却吓了柳瑾一跳:"汪主任被抓起来了。"

柳瑾惊奇得眉毛一扬,但她明白这个经理又要做什么,就耸耸肩,讽刺地说:"抓人者被人抓,怪。"

"市纪委今天上午动手的,汪主任'双规',关了起来。"

柳瑾想,这可不就是,闹那么多名堂干什么?但是这种情况,她还是情愿装糊涂。她搓搓手,说汪主任能有什么问题?有什么,向组织上说清楚,不就行了?挪用公款,退出来不也就得了?柳瑾当然知道事情不会么简单,现在正好刺激刺激这家伙。

"不过，这与你有什么关系，你昨天为什么把姓汪的引来，今天又来替贪污犯说话？"不用说，这两人肯定合伙贪污，现在一个要牵一个出来。这城市唯一的大酒店经理，送往迎来，一切从他手里过才方便。这个窗明几净的豪华酒店实在肮脏：这些舒适雅致的房间，不知干过多少鬼名堂。

不料这个经理被她一刺，反而脸色激动得通红，口气也变得理直气壮了，拼命也要和柳璀讲清理似的："不能这么说，我们是政策变化的牺牲品！"

"我不是党委，不懂政策。行了！"柳璀站起来，对他下逐客令。

经理坐着不动，眼光扫过那左角桌上的黄玫瑰，这让柳璀想起这玫瑰还是酒店送来的，昨天晚上她回来就放在房间里。看来那时候他就知道事情不好了，预先留个后路。

经理说："是李总改的政策。他体谅下情了吗？他想升官，我们按政策办事成了罪犯——我知道，他昨晚会议上关照，让市纪委等他明天走了之后才对汪主任下手，自己可以脱尽关系，不至于给人说惹了夫人就动手。但是市纪委就要在他鼻子下做这事，大家明白。"

柳璀坐了下来，经理这一番话一口气说下来，如机关枪一样。如果她再要他走，似乎是她害怕听真相。

"我可没有本事叫抓谁就抓谁。"柳璀看着他从衣袋里掏出香烟和打火机,但马上又放回去了,朝她说了声抱歉。"到这阵子我也不明白,为什么你们把我卷进来?"

经理似乎松了一口气,现在柳璀态度不如以前那么强硬了。他解释,其实几句话就可以把事情说清楚:迁移费的确是个大数字,全良县八万就地后移,四万迁出。这么大一笔资金,不可能全部一下子交到移民手中。总部如果分批把钱发下,倒也罢了,偏偏一下子全发给良县,说是资金提前到位,可以先用来投资地方工商业,只要我们能及时回收,办妥迁移即可。

柳璀说:"这就对了,及时发放就行了,人民和领导都没话说了。"

"问题就是什么叫'及时'?"经理叹气,咬了一下嘴唇,"投资要有一定时间才能回利。李路生——李总——去年到中央奏了一本,说是'非自愿移民',不会有好效果,到异乡白造了不少房子,农民还是回流或盲流。不如直接发钱,让失地农民拿去做小本生意,自愿迁居。"

柳璀想到"文革"知青下放的失败,觉得丈夫的想法有道理,思路比较开阔,不拘泥于"管民"老路子。

她摊了摊手:"这样,大家不就省事?"

"不错,"经理看了看她,"但是钱呢,投资说拿回就拿回了吗?"

柳璀开始觉得自己不是干政治的料,她完全不必继续这种谈话。"总给你们一定的时间的吧?"她不太有把握地说。

"给时间也拿不回!受资企业一看这局面,就明白他们完全可以拖着,让我们这些人先倒霉。拖一年就是一年的利。中国人现在个个比耗子还精,人人为钱狂,见到钱,别说熟人,就是亲兄弟也照样出卖。"

"那是他们犯法。"

"那是我们违反合同,我们提前索款。"

原来有这么个乱局在里面!她说:"库区总部不会栽害所有的地方干部。"

经理咬牙切齿地说:"当然知道,所以市里这次提出要求,购买三峡债券——用未能回收的迁移费赊购平湖公司债券,金边债券高利,企业会乐意接受,总部帮一把,钱就转回来了。"

这是柳璀今天第二次听到平湖债券这个词,她不明白李路生弄出来的这些纸片,怎么会比钞票还值钱。

经理好像明白她怎么想,就说:"名义上是公司债券,实际上是国家保证,水库大工程做抵,当然值钱。但是李路生偏偏不卖给我们市,要我们先弄清迁移款。"

"不能说没道理,连环债有什么好处?"柳璀话是这么说,心里有点儿糊涂了,这里肯定有些没有说出来的名堂。

"偏偏迁移费只有靠债券才能补救局面。"经理长叹一口气,"李路生想到的是港台人、外国人、上市。他就想自己成功!"

柳璀对自己的无能急了，如果是路生在这里，两句话就能把这经理吓走。她决定不再听下去，想一言击中要害："你是说李路生害了你们？"

"对了。"经理也不再迂回。

柳璀想了一下，平静地说："你叫我柳教授，就是与李路生独立而论的。我既然是教授，就请不要低估我的智力。"

她站了起来，经理也站了起来，两人脸上都没有一点儿好颜色。柳璀说："你是这个酒店经理，跟迁移办没有关系，却一口一声'我们'，就证明钱去路就是不对，你们看来有一批人，用公款来做生意了！眼看姓汪的会把你交出来，你就到这里来吓唬我！"

"就是让你们害怕一点儿！"经理一步也不让，一副既然撕破脸不在乎的样子，"我们会上诉，批评李路生随便改变政策，搞乱库区建设，借发债券生财，煽动移民闹事。"

一说"闹事"，柳璀马上全明白了，这些人两天来贼头贼脑弄什么名堂。"你们就是想把公事私人化。弄出一大堆事，就是有意把路生拖进去。"她转过身，不看经理，"今天的谈话，我不会向李路生提一个字，你也好自为之吧！"

经理反而高声吼起来："我告诉你，就是你帮助李路生煽动移民闹事，而且把闹事弄成民变，弄成反革命政治示威。我们有证据。闹事者中有个陈月明，是你们的亲戚死党！你先来两天，一直在忙着串联组织煽动这次民变。我倒要看你们怎么说清楚！"

柳璀猛地拿起那个花瓶，把里面的水全喷到这个男人脸上。她本要把花瓶扔在那人的脸上，但是她不习惯用暴力。她从来没有如此生气过，激动得嗓子都着火了，差点儿气都透不出来。

这瓶水把经理淋清醒了一些，他停止吼叫，用手抹了脸上的水，有风度地甩了甩头，含笑说："柳教授，你既然是明白人，就不妨跟李路生说一句：自己升官，也给下面留一点儿活路。弄个你死我活，状子满天飞，不管有多少根据，他都升不上天！"

柳璀手朝门口一指，沉着地说："你可以滚了。"

等那人走出去，门在他身后关上。她一下子躺到床上，把脸埋在枕头里，压住自己在发抖的身子。

25

柳璀平静了下来，这个酒店虽然窗子紧关着，还是听到沉沉的市嚣。她站了起来，理理自己的头发，她得自己好好想想。

也不必担忧李路生，他是个政治敏锐的动物，一扫眼就明白谁支持他、谁反对他。他扳倒的贪官会咬人，这点他当然早就有所准备。

她担心的是住在鲫鱼巷的那家人——陈阿姨她不必担忧，老太太一辈子经过不少苦难，已经落在社会最底层，想整她的人，也奈她不何。

但是李路生的债券无缘无故牵进月明,这令她很不安。月明与这整个事情一点儿关系都没有,却成了这些人告状的把柄!而且罪名是人人害怕的"反革命煽动"。她至今还是不太了解月明,这个人样子很平庸,做事情却特立独行。

不过他明显是个容易被陷害的人,她一走,这游行示威的事就会落到这批人手里,他早晚要挨整。这些人什么事情都干得出来,示威领头人的罪名很大,在中国是可以判重刑的。

她不知道怎么办才好,这才想起那皮包里的钱。不过月明并不像是要钱才能过日子的人,况且钱也救不了他。

昨晚她把钱袋取出放在房间里的保险柜里。她蹲下按密码,把钱取出。想想,还是放在皮包里。她得马上把钱送去,免得误了陈阿姨那头的急事。

陈阿姨说的那个医院倒是不远,出租车大约二十分钟就到了。一打听,这个良县城里就这一个综合市立医院。这医院在新城的郊区,看上去还不错,刚种植不久的树苗一排又一排,背靠着半坡青山。中午的太阳照着玻璃亮晃晃的,这城市把公共设施先行搬迁,让老百姓先熬一阵,不能说完全没道理。

医院对面有些二三层楼的房子,明显也是新盖的,餐馆、发廊、按摩美容店,旁边礼品店卖着人参、海马、鹿茸和蜂皇浆等高级补品,那家挂着大红牌的花圈丧事店让柳璀多看了两眼,把花圈、骨灰盒、鞭炮这些东西大张旗鼓地摆在医院面前，未免太张扬了。

柳璀走进医院，一个U形楼，挂号室的窗口还是几十年来全国医院清一色的那么小，探头才能说话。里面工作人员，是一个很年轻的姑娘，问柳璀找谁，柳璀这才想起来，陈阿姨没有提过她老伴的名字，她也忘了问。

她正在苦思时，从门诊部那边过来五六个人。

那些人抬着被汽车撞伤的人，要医生马上看。出来一个白大褂，看了一眼担架上正在流血的男人，不慌不忙地说："问题不大，交完钱医生就到。"

这句话马上引得那伙人生气了，哄哄吵吵地嚷起来。有人抗议，有人乱骂。说他们只是路过的人，尽公民的义务。他们决定抬到医院办公室去。

柳璀赶快掉过头来，手轻轻敲了敲挂号的窗口，问胃病住院的在哪里？

小姑娘说不能随便告诉人，口气很傲慢，又低下头去算抽屉里的钱，不再搭理她。后面等着挂号的人不耐烦了，开始催促。

柳璀只得告诉说，她是科学院来的，她递上她的工作证。

那你是办公事？

柳璀点点头。

小姑娘说，我们只管看介绍信，工作证不算。

柳璀不高兴了，问为什么？

小姑娘叫了起来，说："你真烦，我又得重点数字了。"当着柳璀，把玻璃小窗的活扉啪的一声拉上。

柳璀一愣，想想也是，对这一套，她应当见怪不怪了，她和每个中国人一样，就是在这种"傲慢"中长大的。她预想如此小地方，人自然应当谦卑一些，其实情况可能正好相反。如果她今天带来一个地方上有权的人，例如那个连狗都不如的郑经理，一切马上办妥了。这时她倒情愿带着这条狗。

她在走廊里截住一个护士，这护士很和蔼，告诉她肠胃科病房在五层。

她走上楼梯，一个个门口看过去，探访的人很多，和中国大部分医院一样，护士只管打针吃药，一切照顾全靠病人自己的亲友。她查看了不多几个房间，就看到了蝶姑背对着门坐在一个病床边，那病人形容枯瘦得厉害，头发几乎落完了，还挂着瓶子输液。从背后看蝶姑，她两条辫子用一根手帕系在一块，显得瘦弱。她正在给养父擦脸。

病房有八个床位，空了一半，但是不够清洁，床底有污渍斑斑的尿盆未倒，垃圾篓里堆满垃圾。这地方做光面子，外表看上去漂亮，里面怎么如此眼睛没放处，脚也没放处？新建筑里还是旧医院。

蝶姑低下身去洗毛巾，然后拧干水，对养父说着什么，养父笑了一笑。蝶姑小心地揭开被子，给养父擦洗上身。

柳璀记住了房号床号，就朝走廊顶端的办公室走去。

办公室的四个人都忙着。柳璀清了清嗓子，说要找负责胃癌开刀的医生。边上的医生抬头对她说，正在核对病历准备查房，没有时间。她说她是病人家属，送开刀费用来的。

这俩字让整个办公室的人抬起头打量她，还打量她手里那个皮包。

她报上病房及床号，请教是哪位医生负责开刀。

医生推开隔壁一个房间的门，让她进去。

她坐下后，说自己是科学院基因所的，医学界的朋友很多，听说这家医院手术做得不错。柳璀为自己的吹牛感到难受，但是救命要紧，顾不得了。可见人要堕落，在这种气氛里，真是顺水推舟，从恶如崩，随时有理由。

医生高兴地点点头，说我们是沾了水库的光，国家用最好的设备建了这家医院，配备的人员都是一流的，大多是从大城市医学院毕业调来的。

柳璀说她知道手术是很辛苦的事，她就特地从北京赶来处理此事。只要是合情合理范围内，一切可以商量解决。

医生看看柳璀的确是知书达礼的样子，就很客气地对她说：

"我们不会乱收费的。胃癌是大手术，医生、护士、麻醉师一大圈人，站上一两个小时，丝毫不能大意。打开缝合，错一点儿就弄出大事。"

柳瑾说："当然，我清楚。"

医生说："钱大部分就是治疗费用，小部分才是医护人员所得，不会我一人独占：办公室都看到你进来。我对你姨说的是明码标价，不会乱来，就是五千元。重庆和武汉的医院，同样的病开刀，至少一万。因此，这不是什么红包，没有暗中交易。"

柳瑾点点头，这个医生会说多了，可能是怕大地方来的人。她打开皮包，就把一沓钱递过去："好的，请点明。"

医生说不用数："你相信我们这一行，内部是有具体章法的。"的确，没有人敢在钱上骗医生。

柳瑾站起来："唯一一点——这是我带来的钱，我姨不愿意接受，请你们不必告诉她，是否可以？"

"好办，人之常情。"医生说。

"那什么时候动手术？"柳瑾想落实一下，她知道不会给她收据，得仔细一点儿。

医生想了一下，说："明天上午。"

这倒把柳瑾吓了一跳，如果她今天没有把钱送到，明天怎么办？再一想，她笑自己糊涂了：谁先付钱谁先开刀而已。

她走下楼，觉得毕竟是医学界，索贿也索得方方圆圆、中规中矩,不会像什么迁移办,见了钱就像吃了药饵的老鼠,乱成一团,瞎出洋相。不过她难以想象,交不出这五千元的病人怎么办,恐怕就只有在这个医院等死。陈阿姨给老伴住院输液,恐怕就掏空了全部家底,也不知让这个月明狠命赶了多少长长短短、依样画葫芦的山水画。还有那个蝶姑,每天神神秘秘出外做苦力。

如果连住院费都交不起,那怎么办?那就别想进医院,结局更糟。幸好陈阿姨还有一对挺孝顺的儿女,尽全力在支持她。

柳瑾走出医院,回望那U形大楼,心里舒了一口气。如果母亲知道了,或许也会与自己一样,起码想起良县这个地方,心上的重荷会轻一点儿。

26

柳瑾发现自己已经到了南华山景点的门口。这是她能够放心离开良县之前必须做好的另一件事。

她应当通知在水月禅寺画画的月明,有人要陷害他。如果月明身处危险,或许她还来得及帮一把。无论如何,月明的事情没有解决之前,她完全不可能离开这个良县。但是怎么解决才能放心?或许要他在身边才不会出问题?想到这里,她忽然脸红了。或许应当把月明带到北京,交给母亲!

她买了一张景区游览票:五十元,参观带缆车费,开价够狠的。大红门一进去就是几家礼品店,里面的东西,与所有类似的店一样,没什么特色,墙上的国画山水,果真是月明的产品,正如她那天的印象,工匠式的临摹,只有几个字倒是写得别具一格,不落俗套。礼品店里没有顾客,只有一个小青年坐在柜台里看报。

虽然这是个阳光明媚的下午,景区几乎没有人。或许在等旅游船班到达吧,她想,本地人显然不来这里:切十天土豆片来公园一趟!

景点门口挂着横幅:"搞好三违日"。她不明白这是什么意义,挂在这里干什么。看来这里的干部依然认为,他们自己的政治局势能左右整个世界。

抬头看见两个山崖之间挂着一条长长的大标语:"建设AAA风景区,为三峡水库做贡献",这意义她明白,却不明白挂在这里是什么意思。

这里应该就是她父亲那年带了全部武器人员,半夜上来抓人的地方!不过当时没有石梯而已。

上山的索道一路上只有她一个人,整齐的带篷两人坐的小车全都空空的,从茂密的幽谷上很快掠过,几乎擦着竹叶和松树,大片的芭蕉树。缆车顶端的地方,叫作什么庙的。上次来,陈阿姨带她坐摩托是从边上公路绕的,没有走这一段庙殿,看来修得还相当整齐。有个殿上书"哼哈祠",旁边用油漆刷了一副对联:

哼人应当像人

　　哈心必须有心

　　她差点儿哈的一声笑出来,这是文化局的秀才弄出的名联?

　　然后照例是玉皇殿,背后是新建的奈何桥、鬼门关、阎王殿,两边又一副令人哭笑不得的景区对联:

　　伴作逍遥游 白昼神往自有份

　　不做亏心事 夜半醒来心不惊

　　也难为他们了。柳璀想,要政治上正确,又要顾得上宣传教育的口径,赚钱不忘宣传。算是费尽心机了吧,要结合社会主义与资本主义。

　　想起酒店经理拉着她见什么主任时,她顺便问过一句:"三峡风景淹在水下了,怎么办呢?"那经理毫不在意地说:"风景?只要开发就会有。"她总算见识到景点是如何"开发"的。

　　但一窄长溜石梯上的那些陈列,却让她一头雾水:阎罗殿应当有十八层地狱图和各种牛头马面的塑像,这里却有一排新式鬼,水泥雕塑。竟然有"淘气鬼",是两个孩子在大笑,有个母亲在旁边幸福地看着,母亲竟然几乎全裸,腰间披着一点儿布。

　　很想赶快跑,不是见不得雕得不太高明的裸女。她知道这是本地文化干部表示自己是开明的改革派：敢塑裸女以示西化、现代化，又要化鬼殿为人境，表明社会主义。要说糟蹋，这种改建真是把文化糟蹋到顶了。

她不愿再四顾，跨过殿，正面就是水月寺。这寺庙倒很普通，有几尊雕刻精细地镶嵌于柱梁的小佛像，里面是铸金佛像、香炉。她从旁门走到后院。她记得月明的工作室在哪里。

工作室门关着，敲门没人应。她从窗口向里探看，没有一个人影。门并没有锁上，她想问一下寺庙里的和尚，月明在哪里。

她这才想起从来没有看到过这个寺庙的和尚，不知这些人是在哪里念经打坐。甚至念经声敲木鱼声都没听到过。燃香的气味倒是有，可能和尚只管收香资、卖礼品吧！整个景点是个工地，许多地方架着脚手架，在修建。或许这里的佛教也等着干部们来"发展"？

她不小心一挨门，门就开了。

和那天的情景一样，桌上放了一些画具、裱糊工具和半成品的画，可能正好月明送成品画下山去。但是她坐缆车上来时，没有看见任何人坐在下行的缆车里。

屋子角落里，果然又有几张揉皱的宣纸，她急切地打开看，只有浓淡不一的墨痕，这次明显是水碰翻的墨痕，绝对不会是任何有意或无心的艺术神品——不管从任何意义上，哪怕从西方最抽象的艺术角度，都找不出一点儿艺术品的可能。上次她见到的两张画，已经扔掉。

柳璀失望地坐在屋内唯一的一张木椅上。也许，她想，她只是一厢情愿地把这个月明想象成一个未被发现的天才，平衡一下她的某种神秘愿望？

这是一个普普通通的乡下小学教师，能画上几笔山水就算不错了。地方上的文化干部，连看都不会看他一眼。

她碰倒了桌子上一个放铅笔的长型圆筒，她从地板上捡了起来，笔筒跌坏了，里面露出一张纸。毛笔勾画了一个奇怪的东西，有点像一个盆景小树，上面扎了一些灯枝一样的东西。仔细看，树枝上的东西很奇怪，不容易认出。

下面是月明的字，好像是一段说明：

鎏金孔雀树，巫山楚文化区特征文物，一尺高，制工精美。似为西汉墓葬真品，树头镶嵌，为象征再生的蜕蝉，每一尾枝挂有海蓝色油盒，点明时或象征古时十个太阳，如向四周放开尾屏的孔雀。今日下午一见，若窥仙景。此物未见记载，二千年唯此一现。来人索价三十万，无从谋取，亦不忍告官，陷携者于死罪。此特级国宝，未知将流至海外何处，以几千万美金易手。库区大兴土木，文物罹祸，无由之灾。

孔雀吝飞，恐伤羽毛，知猎者近亦不动。画记哀之。

柳璀看呆了，她绝对没有想到月明在关心这种事。难道他对大祸临头完全没有感觉？

她正在发怔地看这个孔雀灯时，突然有一种神秘的感觉，似乎他曾经面对一个相似的局面。是的，近半个世纪以前，他曾经在此，在同一个地方，看着一件美的东西，被命运带到这里，命中注定将被挤烂压碎。面对暴力，他无计可施。当时，他能感到的，就像此刻，只是弥天盖地的悲哀。念佛已经无助，但是念佛会有佛眼相看。一切皆空之后，空后之有，或许不会过于鲁钝。

而她今天回到这里，依然鲁钝不开。幸而祈求在先，多少年后，她终于醒悟。

她在月明的案头取了一纸，简短留了一条，说来过，可惜未遇。但最后她还是将字涂掉了，只画了一个"？"。想想，连这个"？"也用墨抹掉了。她不可能想象再也见不到月明。根本不可能见不到他。但是什么时候能再来呢？

27

下午五点三刻，柳璀才回到酒店房间里，看见李路生穿着一套黑西服，逆光坐在沙发上等她。他的手臂撑在颌下，看长江从橘红的天际流来。

她知道丈夫从来没有欣赏风景的兴致,他是一个理智的人,认为一切都是可证的,不可证的必然是人有意无心的误区。

她向他抱歉,说晚了。

李路生没问她到哪里去了,说是晚宴延到六点半,下午的会谈进行得不错,占了点时间。所以,他让她赶快整理一下,说衣柜里有为她准备的衣服。他走进浴室自己去整理,等他走出浴室,看到柳璀依然坐在床边神情恍惚,有点惊奇,走上来耐心地对她说:

"小璀,上妆吧,我一直在等你,先试一下衣服。"他指了指衣柜。

她打开柜子,挂着一袭橘红丝缎旗袍,色彩很鲜丽。她转过头诧异地看李路生,李路生笑了:"不喜欢吗?"

这是他特地关照人买的——下午他经过这酒店一楼的衣物店,忽然想起柳璀没有晚宴的服装,那种职业女性的套装当然可以,但是她的套装颜色大都太暗了一些。他走了进去,看中这件旗袍,就让阚主任去代为买了,让酒店烫了一下,送到房间挂在这里等她来穿。

她看着旗袍,不说是,也不说不是。这旗袍式样有点儿时髦,两侧开衩太高,而且肩切得很靠里。她很少穿这么显露身段的女性化服装。她从行李箱拿出咖啡色高跟皮鞋,脱了便鞋穿上,这才把旗袍比在身上,到镜子前端详。

"我本来是想让你惊喜一下。"他说,"我记得你在美国时穿过旗袍,很迷人。"

她没想到他还记得这种事,应当表示感谢才对,她说:"那是旗袍还没流行的时候。"

"我知道,我知道:若不能在潮流之前,就决心在潮流过后。"他笑着说。并告诉她,一楼店里说不合身可以换,但她得动作快点,不然店也要关门。

没那么讲究,她从来不在衣服上费心思。但是她把外衣脱了,像跳水者一样伸出手臂探进旗袍里去,第一个感觉是紧了,有点透不过气。但是他帮她把拉链拉上,却是正好——贴身合适,恰好遮住膝盖那儿摔坏的青块。

李路生很得意,说他有眼光,妻子什么地方几寸几分他还是记得住。

柳璀说:"请饶了我吧!"她抬起手臂,这腋毛得除掉。她让他把剃刀借她。他有点着慌:"我来帮你,别弄破了。"两个挤进浴室,把上身解开处理这个应当女人自己处理的事。

然后她梳了头发,喷上摩丝,不让头发乱飘。她飞快地化妆,觉得做个女人真麻烦。这想法有点儿奇怪,她笑自己,或许我本来就不应当是女人,前世根本不是女人。

但是她看见镜子中的自己,身材修长,面目一新,尤其是这橘红,鲜丽却不艳俗。她已经很多年没有这样打扮起来,感觉自己还算是漂亮,好像十多年来脸和身段都没有什么变化。在这点上,她有些像母亲,年龄不起作用。对此,她很高兴,听到门外丈夫的脚步,手机嘟嘟不断的叫声,丈夫往往只有一句话,甚至一个词的回答,觉得他还是爱她的,起码够耐心的,就对门外说:"我好了,准备走吧。"

眼光齐刷刷冲着她而来,柳璀这才发现自己被李路生挽着走进宴会厅。她本想把手从他的臂弯里抽出来,但还是忍住了。这些人这么看她就不成话了。她想起他的话,好多人就是想见见我夫人。心里喊,糟了,这下自己走进罗网了。

等到坐下了,她看四周,没想到这金悦大酒店还设了个大厅堂,两面全是落地大窗;每桌都摆着鲜花束,粉色的餐巾叠成鸟形插在高脚香槟酒杯中;所有侍者全身穿白,乌黑领结,相貌也像选过的,一色周正年轻,像是经过专科学校训练过的;背景音乐竟是肖邦《小夜曲》。这么像模像样的西式宴席,恐怕科学院也没有这个架势。

良县的什么人物在台上,大概就一直在等李路生进来。她想,这倒是她的不是了,她磨蹭得太久,别人可能以为是李路生摆架子,让这么多人等着。

她让丈夫为难了,看看满堂的客人,想必是港商团、台商团的,还有良县及总部的头面人物,个个带着夫人!有规有距的十多桌，每桌座无虚席，也许更多的是当地的有关人士。香港男士都是英式燕尾服，台湾男士西服领带相当考究，颜色也比大陆男士鲜亮一些；女的都是缎子旗袍，不分大陆港台，看不出什么区别。怎么反而女人比男人更往一个套式里钻，连她也跳不出这个圈。

她在李路生身边坐下后，一桌人都微笑地朝她看，她也露出同样的微笑。有人开始给她名片，她也从包里拿出她的名片递回，没人给李路生名片，可能已经是熟人——这一桌人想必是些头头脑脑的人物。

她没有听清楚这些人在说什么，似乎听见有个港商在说：这里的北山，风水太好，未知总裁夫人是否在此地有一套别墅。

不过宴席厅马上都静下来，主席在说："请长江水利局副局长兼平湖开发公司总经理李路生先生讲话。"

李路生在掌声中走到立式麦克风前。柳璀从来没有听过他在公众场合演讲，有些好奇，她一向觉得中国的干部不必能说会道，但是李路生却手无稿子即席演说。

他从和缓轻松的调子入手，好像漫不经心地谢谢良县市政府和几个商团的负责人，谢谢大家近日的忙碌，为了一个共同的目标。然后，他用一串反问开场：

"三峡不就是一个大坝？不就比考利坝，比阿斯旺坝更高一些？有人说是人类有史以来最大的工程，我不知如何推算出来的。"

"其实，"他的手离开麦克风，自然地掰着手指算，"其实这些都不重要，这些都是在做的事，马上就要做好的事。重要的是三峡的经济地理重要性，其他工程都比不上！"他依然平静地说，"三峡将成为中国现代化的前锋，经济起飞，从海洋向内陆延伸的战略突破点，整个中国西部繁荣的跳板。"

他不仅一口字正腔圆的北京话，没有任何哼哼哈哈的干部腔，句子长短，节奏缓急，却有间隔、有安排。静等鼓掌过去之后，他提高了些声音："你们可以问为什么我这么说？是宣传？是自我打气？是广告术？"

他的问题让全场不安地笑起来，他的回答更惊人，声调却回到原先的平稳："当然不是。三峡提供的能源和航运，使环太平洋区向中国内陆延展了两千公里，中国腹地将出现一个与太平洋连接的内海！"

全场掌声雷起，连柳璀都觉得应当鼓掌。这话本身有点儿空，但是李路生演讲太漂亮了，出乎她意料，这个李路生不知从哪里学来的演讲术，好像是他生就的本领。的确，他本来就是个思路极清晰的人。

有个香港人挪了一下位置，坐到柳璀边上，在鼓掌时对柳璀说："一流人才啊！国家栋梁！李总不久肯定是部长、副总理级，再往上，前程不可限量。"

柳璀一愣，她从来没有认真想过丈夫是不是真如很多人暗示的那样要升大官,她现在关心的是,升官于她又如何?难道她的实验室经费更多一些?话又说回来,借丈夫东风,她做出的成绩,也会变得可疑了。所以她没有回答那个港商,装作没有听见。

"有人说现在'告别三峡游'这个口号不好,我看旅游业要做生意无所谓。"柳璀已经明白了李路生的演讲套路,他又要来个欲擒故纵。

"因为不久就会有'峡湖之游',更加精彩:英格兰湖区无此险峻,日内瓦湖区无此宽敞,许多新景点将开发出来,318国道,以及重庆—宜昌、重庆—长沙高速公路,将围绕湖区。连接起一串中型城市明珠,良县就是其中特别明亮的一颗。"

他用响亮的声音说,请允许他把三峡远景来做个比拟:大坝之水,或许可比尼加拉瓜瀑布,那么,从宜昌到良县到重庆的一串城市连绵区,旧城新生,繁荣将可以比拟多伦多、底特律、芝加哥!

听到这里,全场都站立起来,拼命鼓掌,有的外商在喊:"太好太好!长中国人的脸!"

在掌声中,李路生高声说:"他们是得天独厚,我们是人定胜天!"他也鼓掌,那是表示这掌声不是向他鼓的,而是向他陈述的事实。

柳璀这时不如先前那么坦然了,她很想坐下来,李路生明显在胡吹了,只是用词圆滑得让人抓不住。"比拟"是说可以引作比方而已。比方一下无所谓,拿来鼓劲也可以,作为结论就未免太哗众取宠了。

这个良县会变成底特律？只要相信未来，当然一切都可能。

李路生做了什么示意，有人从边上递给他一杯酒，里面是半杯稍多一些的红酒，他半举起来："我提议干杯，为本公司与联合商团的美满合作，为中国和整个东亚的腾飞。"

正在大家举起杯子欲饮时，他却没有举杯，沉着地说下去："良县市政府委托我代为宣布。"这时全场人站着，举着酒杯，不知会发生什么事，都静了下来，"新良县主街通向两个码头的两条横向街，将分别命名为香港街、台北街。"

顿时全场欢呼，大家跟李路生一样把红酒喝下后，又变成一片喧腾的掌声。

柳璀手里拿着酒杯，两眼茫然。丈夫这个演讲错了吗？一切都太完美了，商团和良县本地都高兴非凡，债券会被抢购，那两条街都会包给港商台商做店铺。

从政治上说，这一招更为高明，肯定上下磋商很久，绝对不是心血来潮，但是李路生肯定促成其事。此人处理这一切的才干真是绝妙，他干政治显然最为出色，绝对不会安于搞技术，甚至不会安心做经济，做管理，他能把一切事情做得让参与的人信心十足，热情高涨，最后不仅是一个投资的问题，而是把整个三峡工程弄成一个"成绩"——他不仅要成功，更要耀眼的成功。

李路生与良县政府官员一起去一桌一桌敬酒，不过这个桌上的人都围着柳璀说话,似乎对她说了,就等于对李路生说。她只是有礼貌地应酬着,点头称是,根本没听见人们在对她说什么。

炒燕窝、鱼翅汤、鲍鱼大黑山菇,各种不知从哪里弄来的珍馐美味一一端了上来,一桌一个侍者在为客人分别斟到碗里盘里。这一桌山珍海味,琳琅满目。柳璀看了一眼李路生已到了宴会厅另一头,喧闹远了一些。那个挪到她边上的港商,特地探过身来,他和其他人不一样,总想与她说点什么与众不同的话,现在终于有机会了。

他说,久仰柳博士的大名,敝公司一向注意生物工程方面的进展。

她一直在想自己的心事,这时注意力被这个人吸引住了。这个商人年岁已经不小,头发花白,戴着一副无框眼镜,谈吐很文雅,是所谓的"儒商"吧,她想起他给过的名片,是什么香港集团公司的董事长。他说:"柳博士想必看过这两天报上的消息?"

"什么消息?"柳璀问。她的确这两天没看报纸,也没开过电视机,一直没有时间。

"苏格兰的罗斯林研究所用基因克隆技术,成功地育出一头母羊。不用精子,而用普通细胞质注入卵子,居然这头母羊存活一年多了,据说一切正常,可以活好多年。刚宣布的消息。"

柳璀心里一震,说:"哦,他们搞得那么快。"克隆技术她当然知道，罗斯林研究所以及其他西方实验室的竞争，她也明白。她的实验室也正在朝这方面努力，虽然资金不足。

港商旁边有个女人，看来是其妻，也凑了过来，说："母羊的名字叫朵丽，一朵花的朵，美丽的丽。"

董事长有点儿不耐烦，直接说了英文，"Dolly"。他迅速转到他的题目上，直截了当地说："科学院生物工程所，是否有克隆技术能力？"

柳璀告诉他，这方面我们与西方差距不是很大。

那就太好了，他说公司早就非常想投资克隆的研究，今天有紧急电话让他立即飞去北京找科学院生物工程所，但他一打听，原来柳博士就在这里，真是太好了。

柳璀解释说，她只是科研人员。

董事长说，关键就在科研，有科研能力其他才好说，要多少资金都好办。

"那你们想克隆什么？"她有点儿疑惑了，很少有人如此急迫地想送钱给他们用。

"柳博士是明白人，"他坐得近一些，话说得很低，有意挡开背后那个女人，"犀牛。"他神秘地说。

柳璀大吃一惊，就问："贵公司是——？"

"药材公司。本公司的产品经销全世界，在同类公司中营业量占全世界第一。"

柳璀点点头。她差不多已经懂了大概。犀牛现在只有撒哈拉以南某些非洲国家有，但人居范围扩大，生态变化，兽群减少。而且犀牛到了动物园里就更难交合生育，无法人工培养，非洲早就禁猎，中药用的犀角完全靠偷猎走私。

董事长说，他们有双盲实验证明，犀角用量足够，壮阳能力比伟哥强。实际上这个市场一直没有被伟哥夺走。"敝公司从不做水货生意，决不用冒牌。"

柳璀耸耸肩，医药生物技术是她的本行，此人跟内行说这种话没有意思。她听见董事长说："本公司投资两亿美元，只要柳博士愿意承担此项目。"

"两亿美元？"柳璀惊讶地重复。

"本公司的业务量就是有这么大的需要。"

柳璀两眼发直地看着这个外表文质彬彬像教授的人，恐怕此人真是非洲濒危动物偷猎走私的后台老板。犀角与虎骨，是把全世界各地唐人街名声弄得最糟的两样东西。克隆犀牛，取角"壮阳"？她还没有这样的想象力。

不等她说话，那人又说："在达到批量生产犀牛能力后，敝公司当然要追加投资。"

她重复了一句他的话："批量生产！"假定全世界都认为犀牛角真能胜过伟哥，又如何？她想起了曾经看到的揭发报道，北方某公司把在饲养的熊胸前剖开一个口子，挂了一个瓶，天天收取胆汁。那么犀牛如何取角？

　　一大群的犀牛被处死，锯掉了角，倒在阳光下的养殖场院子，黑压压的苍蝇围着血淋淋的尸体嗡嗡叫着，这个集体残杀的场面太可怕。

　　那人举起酒杯来，对柳璀说："来，为我们的合作干杯！"

　　柳璀没有举杯，声音清晰地说："很抱歉，我头晕，有点不舒服。失陪了！"她推开酒杯，起身离桌。走出大厅那一刻，她看见李路生那一群人已经转了一圈，快走近她的那张桌子。李路生看到她走开，眼光里有一丝疑惑。

　　但是，对不起了，她心里说，她不想回去。那个香港女人在接过话头："我知道犀牛角真是比伟哥灵。中国人讲身心一致，心有灵犀，实用效果当然比洋人的化学药物强。"

　　她加快步子，走出这个喧嚣的酒气冲天的地方，她很想喝一杯茶稳稳心，不然她就会呕吐出来。

28

　　她进门刚好遇到电话响起来，电话是母亲打来的，说是听到柳璀的留言，从昨天到今天往她房间打过好几次电话，都没有人影。母亲问柳璀印象如何。

　　"见到了，一切都不错。"她有意不提见到了什么。柳璀的回话太简短,明显不想聊天。她与良县的关系,已经远远比母亲更深。但是母亲说,因为女儿在良县,她这几天都梦见这个地方,尤其是她住过的公署院子里。母亲问:

"不知那院子还在不在?"

"差不多拆完,不久就会被水淹掉。"她发现心里窝着那么多的事,不愿也不能跟母亲说。她又加了一句:"那儿成了杀鼠司令部,全是死鼠刺鼻的臭味。"

"什么?"母亲惊讶地问。

"就是,这儿老鼠太多。"

母亲说:"我看你心思不定,那我就不和你多说了。空了给我电话吧。"她的声音听上去还是一如平常的愉快。

母亲这种安然乐观,把生活安排得尽量有趣味的态度,一向让柳璀羡慕。这个晚上柳璀感觉出问题来,她只是躲避问题。如果母亲哭泣,她绝对不会吃惊。仿佛看见母亲,在北京那个有些奢侈的家里,蜷缩在沙发上哭。只是不知道母亲见了她,肯不肯暴露泪痕。她的母亲,对她而言,其实很陌生,她从不知道母亲心里想的什么,记得小时母亲经常以一个陌生人的眼光看她。

窗外的长江夜景,比白日更神秘,良县新城的霓虹直接在酒店的脚底,灯光细碎的旧良县却沿着江边延伸得很远,对面漆黑的幢幢山影中,只有一两处亮光明灭。太少的灯影在江水中存留不住,不断被击碎成点点光屑。

一片繁华升平气象中，柳瑾忽然隐隐听到警车的尖叫，她原以为昨天是偶然间听到，现在却发现这声音时刻都在响，就像在她耳边，无法摆脱。

有人敲门，她不想回应。

那声音在门外小心翼翼地询问："李总问夫人情况怎么样？"

她听出来是丈夫手下那个阚主任。她没好气地说了一声："没死，放心！"

可能那家伙听成"没事"，就说："那就好。"转身就走了，去汇报。

房间里还是没有开灯，只有前廊里一盏壁灯，柔柔的光线投在她的身上，她泡了一杯绿茶。她觉得很像在内蒙古当知青时，那时她刚学会骑马，有知青发高烧。她是赤脚医生，寒风飘雪之中抓了顶军帽和围巾，跨上马去通知场部找针药来。

黑暗铺向整个草原，看不到方向，连路也看不清，只有一片干涩的漆黑，寒风刺着眼睛针扎似的痛。她紧抓马缰，坚持走下去，终于路边出现了一处灯亮，她想那如果就是家，有多好，一盏小小的油灯，周围有四面泥墙护住的温暖，隔开这个冷漠、无人性的世界。

在这山中之山，看那山色夜色，这大片的黑暗中的一二星灯光，那里是什么样的家人围坐在一起？想起那在夜骑中的灯光，她的心情突然低落,人变得脆弱起来。她这一生里太需要一个家,一个温暖充满爱的,哪怕像陈阿姨家那样有点儿汗臭味的窄小贫穷的家。看来她并不是一个脱俗超凡的高级知识分子,她是一个太平常的女人,需要有人理解,而她所谓的"家"中,谁也没有理解她,包括母亲、丈夫、已故的父亲。她感到他们都太辽远,太冷漠,就像遥不可及的寒夜之光。

李路生用电子卡打开门时,柳瑾已经用电话叫来炒饭吃了,看着电视里的二十四小时滚动的国际新闻节目,也看到那头全世界著名的母羊,完全没有感到职业性的激动。那件旗袍早就叠好放回盒子里,那双高跟鞋早就滚在床底。房间里光线柔和,多了盏床前灯。

"头痛怎么样?"他走过来,摸摸她的额头,一边拉开自己的领带,透了一口气。

柳瑾关了电视。房间里一下安静了。"我根本没有头痛。"她对他平静地说,"很抱歉,没能把夫人角色尽职到底,辜负了你的信任。"

"没关系,我能猜到是怎么一回事。"

"怎么一回事呢?"她有点儿好奇:这个人自以为是的聪明还有没有个限度?

"那个吴董事长对我说了,他不小心把你惹恼了,要我来圆圆场,希望不要坏了他们的计划。"

"我没精神去破坏他的生意经。"她站了起来,帮丈夫脱下西装,挂在衣柜里。她说:"我只不过不想克隆犀牛做补药而已。"

"犀角壮阳?啊哈!"他做了一下鬼脸,"历史的错误,让香港做了中国现代化的前锋,俗得掉渣儿,弄得我不得不跟这些'恭喜发财'打交道。"他轻蔑地插了四个字,时髦广东话。

柳璀心里笑了一下:"你为他们表演够卖力气的,他们把你看成盖世英雄。"

"算了吧,看成钱的来路而已。"李路生给自己倒了一杯茶。"他们没想到我把三峡弄成了一本万利的摇钱树。"他很随意地踢开擦得雪亮的皮鞋。"早在论证时,很多人就说三峡预算是钓鱼,会成为把政府财政拖垮的无底洞。这个国家没有几个人懂经济!"他解开衬衣上面两颗纽扣,看着柳璀说,"你瞧,不是我找钱,是钱找我,资本在感谢我使用它们!"

如果不是在这房间,李路生绝对不会说"我",肯定要说"我们""公司",甚至把功劳推给"领导"。柳璀重新坐回沙发上,看着他走到床边,舒服地朝床上一躺。"犀角比伟哥好?反正我不要!"他伸手去端杯子,喝了一口茶,"明天一早就可以走了,这一程可把我搞得够烦的。"

柳璀想起母亲说的话:"权力是最有效的壮阳药。"不错,这个李路生不需要犀牛角,但他开始胡说了。

他过来，伸手来揽她，亲吻她，拉她上床。她挣脱开了。

"怎么啦？"李路生生气地问。

柳璀想，她的身体真是不由她控制：李路生打贪官时，她就愿意与他身体相融；他回到春风得意状态时，她的身体就自然会反抗。可能是想给自己找个理由吧，那件一直搁在心里的事，可以问一问了。

"那个打电话的女人，是真的？"

"什么电话？"他躺回床上，"早点去洗个澡睡吧。"

她偏了一下头，提醒他说，就是她前天刚到坝区，给她房间打电话的女人，说是有要紧事要跟她谈。

李路生起身，说他去冲洗一下："忘了这个事吧，我们要面对的是我们走到的现在，以及我们将奔的前程。我们在创造历史！你瞧，原先西方舆论一片反对声，现在西方银行要借钱给我，我也不要，我们的经济比它们运行得好，我们的城市比它们豪华！我们正在开创第一个现代中国盛世！中国不久就会成为世界一等强国！"他做了一个骄傲的姿势，"每次我能把西方人弄得哑口无言，让他们只能表示钦佩，我就有一种特别的快乐。你是不是这样？"

柳璀眼睛跟着他兴奋的步子："你是想说，没有这么个女人？"本来她可以收场了，可是今晚她偏偏不想善罢甘休：他越是往光辉的未来上引，她越不想放过他。

"你一定要知道？"李路生摆下脸，很不高兴。

柳璀没有接他的挑衅:"也不一定。我只是不喜欢做人不坦诚而已。"

可能是柳璀这个出乎意料的回答太刺人,他神色有点阴沉。"那就不必再谈。"他的语气斩钉截铁,像是给下属下命令。他看上去非常不耐烦。

两个人都不做声了。夜行船路过,发出闷声闷气的叫唤。李路生走过去,拉上窗帘。他去浴室,水声淅沥,没一会儿他就穿了睡袍出来了,手里抱着衣裤。一件件整整齐齐搭在椅子上。他校了一下闹钟的时间,睡到床上。他把他右旁的台灯关了,才说了一句:"早点睡吧,明天一早我们就走。"

柳璀在半明半暗中坐在沙发上,眼睛看着地板。她说:"你认为,没有必要说的,就可以不说。你对我,像对你的下属,我为你羞愧。"

李路生满心不情愿地坐了起来,把台灯吧嗒一声按亮。他第一次被人追问到这种地步。他想了一下,回答却是:"我们多年来,婚姻一直是美满的,我相信今后也可以做到美满。"

"人是变的。"她坐在沙发上没有动,"例如你,越来越——能干了。"

他听出此话里的讥讽,他站了起来,脸涨得通红。柳璀怀疑他在外面绝不是那么容易动怒,而在她面前就可以自在地把情绪发泄出来。

"我知道你指的是什么,"他说,"你是认为我不过借国家大,人口多,筹款才那么顺利。哪怕我承认你的想法有点儿道理,归根结底,事情总是要有人来做的。"

"三峡水库也总是要有人来建的。"

"你说得太对了。"他接过话头,"跟你明说:当初关于三峡上不上的争论,完全没有意思。反对派不明白早就有十多万人在为水库工作,早在八十年代,光是'长办'和部委已经有几万技术人员在干活儿,如果三峡不上,那么多箭在弦上,我们全都退休?光是惯性,也不得不上马。"

柳璀说:"我也知道,整个中国也就是找事做,能建就建,大兴土木,才建设得那么轰轰烈烈。只有大家找事做,才需要领袖人物。"

"难道整个世界不都是如此?不然怎么办?"李路生不理睬她的讥讽,"不然,人类怎么进步?中国怎么才能赶上西方,成为文明的新引导者?"

她觉得丈夫的确点到了关键,用比西方更西方来超过西方,把良县变成底特律,这就是我们在奔的远大前途。她仿佛看见整个三峡在水库建成之时,被江水淹没的情景。是的,哪怕三峡水库成为淹峡水库——一切可以更新,巫山有新云雨,十二峰外有外十二峰,而那些古墓,白鹤梁上的石刻鱼,沉在水里,会开发成水底考古。

她已经明白了人类的傲慢。这让她想起了在显微镜下看到的细菌菌落，那无穷分裂，繁殖数量呈指数增长，把培养皿上的全部胶质都吞食，然后才罢休，才集体死亡，剩下个别的裹成休眠孢子，不死不活地等待下次感染的机会。最高级生物与最低级生物，怎么会走上一条路？

她突然非常沮丧，望着他说："对不起，我一到这地方，性格就变古怪了，不近人情。我很明白，我真不适合做总裁夫人，你还是另择高人吧。"

李路生走到沙发边，没有坐下来，不过身体靠着她，他抚摸着她的头发，安慰她说："你是大教授、科学家，这我理解。我只想让我们的婚姻不受破坏，不管发生什么事。"

他看柳璀对他这一套妥协的话，没有任何反应，就站直了身子，愠怒地说道："千万别不假思索，就把你那母亲说的话当真。"

她也直坐了起来，气得脸色发白。李路生几乎从来不提岳母，她不太清楚他与岳母为何保持距离。母亲对这个女婿呢，也是一向话不多，虽然母亲一直说他的好话，把道听途说关于李路生的前程之类的，说给她听。

她从来也没去深究过原因，因为她自己与母亲并不亲密。但李路生这样公然的敌意，却是她从未料想过的，看来李路生明白，若没有母亲的挑明,柳璀自己不会对他们的感情危机如此敏感。或许又是那瓶该死的香水,那个送香水的女特务回去报告了什么。

"我想,"柳璀说得一字一板,清楚极了,"你有责任把这句话解释一下。"

李路生一点儿也没有着慌,他似乎早就准备着这场摊牌,可能在心里推演过多次——这个人可能把婚姻也当作政治,她怎么至今才明白这点,不过无论如何,这个傲慢的男人没有必要把母亲看作对手。他和她不像夫妻,却是该有兄妹之情。她觉得他在努力控制住自己:"我珍惜我们的婚姻,我不希望弄成你父母那样的关系。"

看到柳璀差点儿跳了起来,他把双手放在她的肩上,让她坐好。但柳璀猛地把他的手拂开,这个做她丈夫的男人,看起来准备拿出撒手锏了。太好,她想明白几十年来她究竟是什么人,他又是什么人。"那你更要说明白!"

李路生坐到对面的椅子里,不慌不忙地说:"你父母的事,我也是很晚才知道。当时我父亲病危,才把情况告诉我。他以前不肯说,怕影响我们的感情。其实我一直把两代人的事,分得很清楚。"李路生好像不太情愿讲,无可奈何才告诉她似的,"你父亲对我父亲诉苦,说你母亲对他成见很深,两个人一直就没有夫妻生活,婚姻关系早就名存实亡。"

柳璀正在生气,这时也吃了一惊,这完全不可能。父母很相爱，很多人给一直守寡的母亲介绍过人，母亲不同意。她对柳璀说："我这一辈子就你父亲一个男人。"

但也许，也许柳璀完全没有弄明白父母的事。

李路生说，当时他父亲让他去四川省找一下省委组织部一位老战友，清理一下柳璀父亲遗留下来的档案。父亲对他说，不要到时候大翻丑事，被人利用，像民主德国那样。李路生不是人事干部，本没有资格看组织档案，但是父命不敢违抗。那是个夏天，南方最热的日子，他坐火车到成都，找到组织部那位老同志。听了他的来意，老同志说这种东西早就应当清理。但是组织部门经常有意不加清理，尤其死者，他们认为存在档案里总比不存的好。

他们约好了第二天再来办公室，因为第二天正好是周日休息。他知道人事部门看档案必须有两个人签字表示在场，不过什么事都有例外。

第二天一早他就到了办公室。那位老同志已在那儿等着他，两人一起在盖满灰尘的几大间柜子里翻找，最后找出了柳璀父亲所有的案卷，一共五大包。老同志说："你是想看一眼，还是不想看一眼？"

他想了想说："看一眼目录吧，内容就不必看了。"

那档案里大都是"文革"时期的材料，有柳璀的父亲自己写的检查，每份都是几千字，有的上万字之长，其他大都是别人揭发他的各种"罪行",不知为什么他有那么多仇人。李路生说有一份材料他却仔细看了,因为揭发者竟然是柳璀的母亲。

"不用你说了,"柳璀打断李路生,她激动地站起来说,"你是说我父亲自杀,是由于我母亲'揭发'!"

他不高兴了,说:"我没有说这话。这种刑事结论我怎么能下?我当然无法判断你母亲说的,哪些是逼出来的,哪些是她自己的怨气。我只是说,当干部的人,一旦后院起火,最无法忍受。北京那个大作家自杀,不就是因为家属揭发。"

柳璀想起母亲肚子上那道大蜈蚣的伤疤,想起母亲告诉她往事时那种奇怪的神态,不禁心里发抖。母亲莫非心里真恨父亲,因为父亲当时只要孩子,不要她的命?

她仿佛看见那江中的一只船,母亲躺在船舱里,绝望地看着父亲的眼睛。"不,"柳璀心里痛苦地叫道,"别这么说,我受不了。"但是她只是看着李路生,慢慢地说:"你是要我向你保证我的忠诚,不会'后院起火'?那么你的忠诚呢?"她伤心地说,"那么你的忠诚呢?"

李路生说:"我早说过了,有你这样洁身自好的妻子,我才能清廉为官。"

这个丈夫又来这一套装傻了,柳璀领教够了,她不想再追下去。她只关心那个自己有过的家。"你还有什么没有说的,请告诉我。"柳璀说,"以后你再也不会有机会抖出我父母的又一个

'秘密'。"

"没有了，绝对没有了。"

"那么，你一定知道我父亲如何自杀的？"柳璀已经明白怎么听这个人的话。

"说了你别难过。"李路生回忆道，"你父亲被打得半死不活，人家以为他不能动了，看得松一些，结果他从地上爬到窗前，从十二层的楼上跳下去。我在档案里看到医院的死亡证明，还有一张照片，作为证据附在里面。"

柳璀泪水流了下来。她不用看照片，就能想象到那惨状——脑袋裂开，眼球绷裂，一摊血混着白白的脑浆——她的手指和四肢都发麻了，忍不住颤抖。

关于父亲的死，这么多年，谁也不愿意告诉她，甚至她自己也不愿意打听清楚。李路生这次翻牌，也不是为了她，而是为了他自己。他希望保住这婚姻，在他政治生涯转折点不要出事：毕竟在中国，有好色之名，政治上不方便。柳璀应当以他的大局考虑。

她应该原谅他才是，原谅并且忘记。可是她无法做到。她觉得整个生命无所适从。

她听到窗外突然开始下起雨来，雨又急又猛地打着窗玻璃。这个峡江地带，阴晴无常，随时可以暴雨倾盆。

那火车在高声鸣笛，车厢里全是和她差不多年龄的"红卫兵"，他们急着去北京朝圣，她那时已经被剥夺了做"红卫兵"的资格。在火车向前滑行时，她终于挤上去了，蜷缩在过道里，坐了两天三夜到北京。这是她生平第一次到北京，费了好些周折，她找到了李伯伯家，一个独家院子，全副武装的警卫不让她进，她拿出父亲的信给警卫看，警卫不看，也不进去通报。

她又饿又累，便坐在院门前的石梯上，渐渐浑身发烫，头非常痛。她的身体软得躺倒下来，她想她可能会成为离魂游鬼，死在他乡，无人理睬，无人在意。警卫只叫她移开去。

她在这一刻，清楚地看见了她的十六岁！寄人篱下，她从不这么形容那段岁月，直到这个夜晚，她才明白李路生也是把她当作被保护人，应当感恩戴德。那些在她生活中穿过的人，谁也没有花工夫走入过她的心灵。从十六岁起，她内心的痛苦，就一直被她自己小心掩埋起来——那种孤独，那种永远无法解脱的孤独。

柳璀到卫生间里，她只是想要一个人的空间。她的手脚冰凉，如浸泡在水中，胸口好像压着一块大石头，透不过气来。

李路生没有做声，也没有到卫生间来找她回去，可能真睡着了。她并不恨那个男人，她也不知道自己是否还爱着他，她对他的感情复杂，恐怕不是这个晚上能弄清楚的。她可以想象，母亲当初并不那么恨父亲，只是无处说话，一直没法抚平创伤，才弄到最后，在不该说的时候，向不该说的人，用最不应该的方式说出了一切。

父母当初就在这江边发生的事,她怎么才能躲过呢?当年母亲感到无助绝望,现在她也一样。

昨天半夜陈阿姨在分手时说的,那些转世之类的话头,她依然不能相信。不过,如果真有如此之事,那么她就可能是玉通禅师的转世——让她来看她父亲的报应,让她到世上来看这一切大破大立的折腾。

她突然害怕起来,整个世界的冰冷使她浑身悚然,禁不住哆嗦。

那么她能找谁说呢?

她不知道,她只知道必须说出来。她打开卫生间的门,窗上的雨声一起涌出来。李路生真的睡着了,床头灯还亮着。她走到床边,找自己那双好走路的鞋子。是她离开的时候了。

突然,李路生的手机响了,李路生从床头拿过来,看都不看,就按灭了,扔在一边去。不过他下意识地看了柳璀一下。她系上鞋带,李路生问:"都什么时间了,你要上哪里?"

"你不用知道。"柳璀淡淡地说。

"我是你丈夫!我必须知道!"他已经控制不住自己。

这时电话铃响起来,李路生拿起电话听了一句,没有应声,就倒过来往桌上一扣,里面叽里咕噜很着急的说话声一直在继续。

"其实我知道你要上什么人那里去。"他按捺住怒火,像一个有经验的警官那样说话。

柳璀惊奇地回过头：连她自己都不知道的事情，这个人怎么会知道？

"一个叫陈月明的人！"他掷出了一张不愿意打出的最后王牌。"你的这种事我根本不想管。我只是说：别以为你是天使，我只是畜生，你成了苦主，我就是叛徒。事实真相不见得如此！"

柳璀感到狂怒像点爆的汽油忽地一下冲上头顶。她吼道：真是无耻！但是没有吼出口。朝这个人发火是给他太大的面子，她从来没有觉得这个人如此陌生。

"我就是喜欢他。"她看着他的眼睛说。

"不错，"他歪了歪嘴，"敢于承认。"

"我喜欢这个人，不是你想象的那种喜欢。"她说。

"我不需要想象，再简单不过的事。"他说。

柳璀不想再说：这个人，一个专门养狗腿子搞情报的角色。对他的特务网提供的情报，判断能力如此之差，恐怕也搞不成什么政治。她转过身去继续穿衣服。

这时又有电话铃响，声音来自衣柜。李路生赶紧走过去，从西服内袋里取出一个手机，看来这个手机号码只有他的几个亲信知道。他边接，边把窗帘拉开一条缝，外面暴雨正倾盆而下，把窗玻璃打得啪啪直响。

"滑坡？"李路生问。

对方紧张地在吼什么话。李路生不得不仔细听：滑坡严重，已经冲毁几个村庄，可能有大量人伤亡——通信中断，目前还不知道详情。他听不下去了，说："有人死亡，更不能沾边。你绝对不能松口：一切让这儿市委处理。"

对方又焦急地说起来，李路生打断他："山体拦不住，神仙也没有办法——滑了也罢，省得蓄水后再滑，又被人说成是水库的错。这个地方水土流失严重，天灾人祸还少得了？"他来气了，"叫你躲开点，少沾腥。"啪的一下按掉手机。

"你到哪里去？"李路生转过身来，盯着柳璀大声地问，仿佛要把所有的不快统统发泄出来，"我告诉你，那个陈月明背景复杂，他的家庭，历史上参与本地邪教势力，他本人也与宗教势力勾结——他竟然以山顶佛寺作为指挥所——他是此地反三峡工程阴谋活动的一个重要人物。今天已经来文了：上面已经同意地方立案追查。"

这张王牌上还有那么多图案！不过柳璀不再惊奇。她明白，他们两人已经不再可能有任何共同语言。任何话都是多余：这已经不是糊涂吃醋，这是肮脏卑劣！

"我这是为你好，才说给你听，"李路生拦住她的路，"不要卷到你不明白的政治阴谋里去。"

柳璀不理会，让李路生让开。他气得脸发白，对她说："给你说明白点，这个月明是煽动反三峡大坝的政治反动分子，这种人马上得严惩几个，不然三峡无宁日。关键时刻，你糊里糊涂搅进去，抓起来一样是反动分子，落个长期监禁。到时谁也救不了你。"

但是他的机密手机又响了。李路生一闪神，柳璀侧身冲出房间，头也不回。

29

她感觉陈阿姨曾经说过的场面似乎就在眼前，她在雨水狂泻的世界中狂走，那个女人被强行按倒在地上，按她的人要她跪着，那个女人不跪；身后的男人，被推倒在那个女人身上。那个男人的面庞逐渐清晰，即使是大雨之中。可是，等等，她现在还不想看清他是谁。

她没有拿行李，她既没有想好去什么地方，也没有想好是不是还会返回。她穿过一条条路，疾步穿过大雨，长年积在内心的愤懑和压抑，她渴望吼叫出声，像荒野中的野兽。

现在她知道了，这个夜晚发生的一切迟早都会发生。她早就有预感，从闻到那令人作呕的香水开始。

下着大雨的街上杳无一人。从新城走入旧城，路灯成斜斜的光丝，勉强地照出破旧的墙壁，连那些打麻将的市民也早放弃了决战通夜的狂热。

柳璀只是顺街而走，大雨之中实在无法辨清路，等她看清了地方，她发现自己走对了，这是上山的路。她已经去过两次。江上轮船的探照光,划过对岸黝黑的山峦。突然有一束光晃过柳瑾,雨水在光线照着的地方,银针闪闪,密密地往她身上扎来。

她来到南华山下景点入口。看见了那雕龙画凤的大门柱,白玉石的七彩牌坊,只是在这风狂雨暴之夜,那些神气活现的标语和景点地图自己消失了。

缆车早停了,那上山道路的入口处,只有一道简单的栏杆。她一跨步翻了进去。

她并没有加快脚步——她知道上山要稳着步子慢点走,尤其是下大雨的时候。

下半夜的山间庙宇,不像是人类来往的地方。周围的一切漆黑一团,只有闪电划过。但反而显得自然,雨水像峡谷间的洪水呼啸而下。那白日领教过的几个殿,几柱雕像,下午她走过时感觉新加的油漆金箔,堂皇而可笑,在黑暗中几乎活了过来,阴森而威严,好像本来就是夜的居民。那红脸的阎王和边上的哼哈二将盯着她,塑像的白眼睛果然有点儿凶光,仿佛在狰狞地笑,她感到泡在水里的脚心都凉了。

她觉得神像的眼睛都盯在她背上,她这山道上走着的唯一夜行者,像是天地间唯一的逃犯。

抹抹脸上的雨水,她转头望去,最后那一级阶梯上,似乎有点儿光。没错,就在黑暗的大殿之后,她高兴起来,快步攀上大殿,那是释迦牟尼的大雄宝殿,禅寺屋顶的棱角伸出在黑夜的背景上,石狮在暗影中,像看见多年的朋友一样跃跃欲跳。

她的心不那么慌张了,一切都似曾相识。她曾经来过此地,领受慈爱的安慰,现在她或许也能在这里赎清世间罪孽的污痕。乌云隐入树后,雨渐渐小了一些。山峰突然哗哗有声,仔细一听,那是夜风穿过树叶掀起的喧闹。并不是第一次,她应该明白寺里经幡是如何顺着自己的呼吸翻卷。

雨停了,天上出现了月光。

这时她发现那光是从殿后传来的,她直接绕过莲座过去,才看见殿后有一座房子发出灯光。她简直不敢相信自己的眼睛,这半夜三更的山深处竟然有个灯火通明的地方。

再一想,她就觉得自己太傻了。本来她上山来,不就是因为没有他的任何其他地址,这点月明肯定知道,所以不在这里等她,还能在什么地方等?那儿是月明的工作室。月明早就应该下班了,他如果还在,就是知道她会来,所以特地开大灯,给她照着路。

她蹑手蹑脚地走到屋子边,不想惊动屋里人的工作,从窗边望见月明在画画,桌上和地上已经摊开好多幅。不知为什么他今夜在赶着画那么多。她走到门边,门没有关紧,露了一条缝。

她看了看自己的鞋,湿湿的,沾了几根草,虽然不是非常泥泞,但她还是脱掉鞋。这才推开门,门吱呀一声。月明抬起头,看到是她，毫不觉得惊奇地微笑了一下，只是简单地像早起的街坊遇到时那样说："你来了。"她点点头。

"怎么一身的水？"月明关切地说，"淋着大雨了？你等等。"他走到隔壁一个小间，不一会儿手里拿来一件和尚的袈裟，一双芒鞋，一条干毛巾。"不知道是谁的。不过是干净的，对不起，暂时将就一下。"柳瑾接了过来，月明出去了。等到柳瑾换好衣服叫他才进来。

月明见到她穿着这一身和尚衣服，像在旧城拘留所那样坦然地一笑。打拘留所之后，她就没有再见过他。虽然不过是昨天下午的事，好像已经过去了很长时间：这两天之内，发生的事情实在太多了。

柳瑾也一笑："滑稽？"她用干毛巾揩干头发上的雨水。

"很好。"他说着，就又回到画桌前。

满地满桌的画吸引住了柳瑾。还是巨石瀑布，万年不变的山山水水，但是在这些宣纸上走了形，变得奇奇怪怪，形状变化无尽，浓墨泼笔一泻无余，与上两次她看到的"画废了"的不一样。这次可以看出是有意为之，大笔挥洒，不守绳墨规矩，那些岩石肌理像是刚从宇宙洪荒中喷薄而出的动势，直接落到纸上奔流开来。原来作为绿叶红果彩的点缀，现在像突破岩缝的岩浆喷薄而来，在沉暗的地底上辉光四射，渐渐透出令人眩晕的深邃，只有在三峡最美的岩壁上，能看到这种风奔云走的大开大合。她惊得无言。

柳璀目不转睛看满桌子地面的画，好不容易才抑制住内心的惊喜，没有脱口而出，谈她对这些画的赞叹。当三峡沉入那大平湖里，只有这样的画作为记录存在下来，或许也是一个安慰。

不过月明满头是汗，挥着笔墨，极着急的样子。看画的激动，让她很口渴，自己到桌上水瓶倒了一杯水。柳璀想再倒一杯水递过去，但是桌上已经没有一个干净杯子，全是颜料墨汁。她就把自己那杯水，递过去，对月明说：

"休息一下，不好吗？"

月明回过头来，不好意思地说："真是弄昏了头，太怠慢，太怠慢！你坐。"他把唯一一把椅子抓过来，一定要柳璀坐下。

她好奇地问："什么事这么急？"

月明说他母亲傍晚又来找过他，非常焦虑，说他一直为小学迁移这种与他无关的事瞎浪费时间。说是医院通知她，明天就给他继父动手术。她说，这完全没有想到，明摆着是让他们马上交红包费。什么都还没有着落，让他明天无论如何也要送三千元过去。余下由她去跑跑，看能不能借到一些。

原来是这么一回事，柳璀心里踏实了。医生按她的要求未提钱的事，这让陈阿姨全家如此通宵慌忙着急，却是她没想到的事。她在那金悦酒店吃大宴时，这一家子正在东奔西求借几个钱！光是那种天九翅和燕窝，那价值上万的洋酒路易十三，仅一桌子就远远超过了陈阿姨急坏了到处弄的救命钱好多倍。

不过她不便解释，恐怕尤其不能对月明说。于是她问："有办法吗？"

"我找到礼品店主任，他说正好画卖脱销了可以补一千给我，如果我在明天交出以前答应的五十幅画，可以再赊一千给我。他还说如果交货满意，或许能再借一点儿给我，可以凑出来。现在真的来不及了。"他不好意思地指指满地的纸片，"我从来没有这样乱画过，真是救命如救火。"

柳璀站了起来，在画中间小心移动，小心不至于踩到画上，她实在太喜欢这些画，这些吞吐大有独闯天下的壮观，但是月明又不像是有意为之。他的大处落墨可能真是被母亲追急了。那样汪洋恣肆的气概，不像这个人意识到的境界。可能真是那个勇敢的妓女，在冥冥中运动他的手？她故意漫不经心地说："不至于吧——既然说，已经决定开刀，不至于马上就要钱吧。"

月明说他也对母亲说同样的话：医生总有点儿职业道德，既然打开了人的肚子，总不至于马马虎虎地缝上。但是他母亲骂他是大呆子，完全没有资格在这个社会生活，新社会旧制度都一样跟不上趟。

柳璀想怎么才能暗示月明呢，说明这个事情不用着急，她实在看不下去这个人的慌忙。想了半天，她说："恐怕你再赶也没有用，这些画，裱上晾干，还要几天时间。"

月明说这倒不要紧,礼品店主任只是怕他没有时间完成,看到画,不一定裱好,就会同意赊付。他皱着眉头看那些画,让柳璀看了不要发笑。说他很担心,因为他越画越走形,这样画下去,明天一大早还不知道主任会不会接受,更不用说满意到借钱给他。他说人家开店也不容易,顾客很内行,对山水画都挺会挑拣的。

"那你也不至于画个通宵吧?"她看看腕表,"好像已经通宵了,这里已经有五十多幅了。"

"不是每幅都及格。"他用毛巾擦擦手,开始喝水,环顾四周的狼藉,不好意思地低下头,又变得像第一次见面时那样,活脱脱是个卑微的乡村小学教师。

30

柳璀决心不让他停留在表象上。这个人心地很善良。她有一个一直想弄明白的问题——这个人究竟是一个平庸者,还是一个有大勇气、大眼光甚至大智慧的人?这一次一定要探出这个人的底蕴。

柳璀想,要不要问月明他出生时的事?陈阿姨说他们从来没有对这孩子说这些事,怕他心里存不住,弄出乱子。但是月明不像是个心里存不住怨恨的人。

不过柳璀有个感觉,这个人完全不是需要别人提醒的人,她最好不点出本来对他就不是秘密的事。

她单刀直入地问:"你认为应当抗议吗?"

月明简单地说:"我当时已经感觉到,这次请愿,成了干部内斗的工具。但是我既然去了,做了我应该做的事,就不会后悔,无论什么后果。"

柳璀逼问下去:"我是问整个水库,应不应该建?"

月明说:"有许多事,近期的利弊总是容易计算的,几百年后,一两千年后看到的,那时的利弊,我们总是拒绝去想。"

柳璀眼一亮——这是她永远在心里纠缠不清的问题,包括她自己事业卷入伦理纠纷,第一次得到如此简明切实的答复:月明不是在躲避采取立场,躲避难题,他愿意把问题拆开看。

"你是说,"她小心地斟酌词句,她希望她能跟上这样明晰的思维,"你是说,中国在犯错误,全世界在犯错误?"

"我哪能说得出这种有水平的话?你是从北京来的,科学家,读过的书比我多,想法总应当比我高明。"

她自嘲地笑了,这两天发生的事,证明她偏偏一点儿不高明,她在糊涂之中。于是,她要逼问这大难题:"为我们现在的近视,我们的后代不得不付出代价?"

"我想的是,我自己如何做?光指责别人没有用,每个人首先要了断自己的罪孽。"月明看看她,"我们只有从根上做起。"

他说他准备去青海迁居地,那边的小学或许会需要他教书。这里的小学裁掉了,他又无别的谋生本领,又不是什么真正的画家,在这里瞎涂几笔,暂时混个生活费,他不能跟着吃三峡。

柳璀惊慌起来,她从来没有听他说起他的计划。她还想过把他带到北京去呢,这个人却要到长江白雪皑皑的源头去,从根子上清理这条污浊不堪的江。她心里一紧:"你母亲知道你的想法吗?"

月明脸色沉了下来:"我妈很不高兴,但是人总得工作。我这样的儿子太无用了。我的水平不够在本地混个教职。"

柳璀摇摇头,她想劝月明留下来,她想说他是个大天才,会有人赏识。但是这个人自认无水平,却从来不认为自己需要主见。

"我妈老说,我不是她养的。"月明苦笑了一下,说,"恐怕谁也不是谁养的。"

柳璀说:"我母亲也唠叨说我不是她养出来的女儿。"她的确没有给母亲的一生带来过任何安慰,她从来没有为母亲的事这么半夜疯狂地画画。她离开母亲时,没有留恋,第一次出国,母亲要送她去机场,她说不用。母亲当时一听,就哭了,说你不是我养的。

"蝶姑是父母亲领养的,比我这个亲生的更亲密。可见人生不全是对父母负责。"

听了这话,柳璀浑身悚然,她这两天苦恼的父母恩怨,不就是纠缠在此吗?

月明放下杯子,在收拾一张张画,他明显地把那些画得比较"像样"的放在一起,把最"像样"的放在顶上,而把柳璀看了觉得最了不起的艺术品丢在一边,有几张,想想就揉成一团,丢到角落里去。

她想对他说,那两张别扔,明天交给店里,注明一下,我订了。但是她说不出口,无法告诉他,说他的艺术判断力全错了,说他放在顶上的画平庸之极。说了又有什么用?这个人本来就完全否认自己是什么艺术家。

月明收拾完了,对柳璀说:"我们下山吧。"他说着,把灯一盏盏关掉。柳璀穿上鞋。他们走出门,顿时又回到阴沉的黑夜,月亮不见了影踪。

路非常暗,别说下过雨,本来下山比上山更加难走,加上夜寒在石板上打了一层细细的露水,有点滑脚。这个与她几乎同时来到这世上的人,向她伸出手来,就像那天在警车上往下跳时,他眼睛看着她,身子微微倾斜过来,她接过他的手,很自然,不需要任何理由。他们手携手地往下走。虽然柳璀完全不知道她下山到哪里去,她还是跟着月明走,甚至还是穿着那件袈裟。

柳璀一闪神,差点儿滑倒,月明赶快把她扶住。她再抬头一看,那哼哈二将依然漆黑一团,眼睛却不再发亮,依然是可笑的地狱守护神。

月明指了指这个地方,说:"这儿就是175米水位线。"

"那么,我们暂时先别急着走,看看这个地方。"柳璀说。

他们在山崖边坐了下来,面朝着东边这个城市。坐在阎王殿下的台阶上,就在阎王的鼻孔下,在他令人恐惧的眼光下。

就在这时,柳璀听到天空中似乎有轰隆声响起,她听得出是直升机那种特殊的引擎声,而且在迅速地靠近,突然从云中打出一条明亮的光束,照在山坡上。她看到一批警察正端着自动步枪,沿着上山路奔上来。光束在给他们指路。

突然她想起来,李路生一清二楚地说,月明是当地反动邪教组织的领头人物,反三峡民变的煽动者。她没有把这话当一回事,认为是吃醋丈夫出言荒唐。她连提都没有向月明提过,说出来太丢脸。不过,这个政治罪名还真能用来抓人。

现在看来,是她幼稚了,这些人做得出这种事。只要能收拾他们面临的政治难题,李路生很可能用作政治筹码,交换良县政府的支持,顺便报个私仇,还可以说公而忘私。

她对月明说:"军警大规模出动了,是来抓我们的。"但是月明似乎没有听见。

她回过头来,看月明。那张脸上没有一点儿恐惧,也没有任何要逃避的想法。此时军警已经冲到他们这个地方,但是从阎王殿的中间直穿过去,没有朝他们坐的东边方向看。

柳璀知道他们迟早会找到他们,但是月明还是那样沉静地往前看,的确,逃跑没有用,只能增加羞辱。她突然很想告诉他,她上山来时,她是那么强烈地想念他。她凝视着他,他也在看她,她报给他一个微笑。

天边渐渐有了一点儿亮的意思。

这个乌云遮天蔽日的清晨，东方不会有鲜艳绚丽的火烧云，但清光渐渐漫了过来，几乎像水一样，先是从那黑压压一片的城市升上来，从石阶上一点点升了上来，在他们脚前梭巡徘徊，打出一个个缓慢转动的旋涡。

于是柳璀也平静下来。她知道，只要她的"总裁夫人"头衔一取消，就不会是昨天在拘留所那种局面。但是她现在心里更安稳，因为他们曾经一起死过一次。

在这个世界上，人总得不去理会一些东西，才能明白自己为什么生存。

她轻轻用手臂碰了碰月明："那你说说，两千年后，这个水库会怎么样？"她想用一个冷不防的突然袭击打掉这个人的平庸伪装——如果那真是伪装的话。

"两千年后，"月明似乎很吃惊，"哦，你指的是我在庙里说的话，那话没有什么特别的意思。因为我凑巧看到一件两千年前的文物，一具黄金的孔雀灯架。两千年前做出那样精美的物品，其实当时做了派不上实际用场。"

"你是说，"月明这话一点儿不玄，柳璀还是想猜出这话的玄机，"你是说，我们就是两千年后的孔雀？"

"如果我们幸运的话。"月明微笑着说，似乎已经看到那远远的未来。

月明好像没有听见,只是出神地看着开始透出光亮的云层。柳璀觉得他已经自己回答了自己的问题。

现在,她能想象她一直不敢想的可能。别人的记忆变成了她的生活。是的,她现在已经确定无疑:不是命运,而是超越苦难的大慈大悲,把他们捆扎在一起。那样,一切羞辱,一切死亡,都变成再生的跳板。

他们坐在那里,看着脚前的晨雾像水一样升上来,把整个城市,整个三峡长河,全部淹没。直升机却转过头来了,机肚下耀眼的探照灯来回扫描,从山顶渐渐朝他们坐等的这个山崖边威胁地逼过来。军警跑步的脚步声渐渐逼近,喧器声越来越大,她没有回过头去看,她不想回过头去。

过去多少年代淡漠的记忆,在她心里变得清晰透明。她把头轻轻地靠在月明的肩膀上,一切放心地闭上眼睛,哪怕只求这一刻的安宁。

附录

"度柳翠"故事原作
——《西湖游览志》摘录

[明]田汝成

普济巷,东通普济桥,又东为柳翠井,在宁为抱剑营地。相传绍兴间,柳宣教者,尹临安,履任之日,水月寺僧玉通不赴庭参。宣教憾之,计遣妓女吴红莲诡以迷道,诣寺投宿,诱之淫媾。玉通修行五十二年矣,戒律凝重,初甚拒之;及至夜分,不胜骀荡,逐与通焉。已而询知京尹所赚也,惭恧而死,恚曰:"吾必败汝门风!"宣教寻亡,而遗腹产生柳翠。坐蓐之夕,母梦一僧入户,曰:"我玉通也。"既而家事零落,流寓临安,居抱剑营。柳翠色艺绝伦,逐隶乐籍。然好佛法,喜施与,造桥万松岭下,名柳翠桥,鉴井营中,名柳翠井。久之,皋亭山显孝寺僧清了谓净慈寺僧如晦曰:"老通堕落风尘久矣,盍往度之!"如晦乃以化缘诣柳翠,为陈因果事,柳翠幡然萌出家之想。如晦乃引见清了,清了为说佛法奥旨及本来面目,末且厉声曰:"二十八年烟花业障,尚尔迷耶!"柳翠言之大悟,归,即谢铅华,绝宾客,沐浴而端化。归骨皋亭山,从所度也。

无法穿越的"现代性"之坝

陈晓明

在国内文学界,虹影主要是以一个备受争议的前卫小说家和情爱故事高手的形象引人注目。她的小说总是虚构色彩浓重,这一次,她居然要对国内少有人问津的三峡大坝展开小说叙事,这颇有些令人费解。

实际上,在国际图书市场上,虹影是以"河的女儿"的形象受到关注。她的那本在海外图书市场上的成名作,在国内的书名叫《饥饿的女儿》,在国外的英语本和其他语种的译本都称作《河的女儿》。1998年,中国长江流域发大水,当时我在德国,看到英国和德国的报纸都开出醒目的版面,采访虹影,请这位"河的女儿"对中国的水情发表高论。可见"河的女儿"之有象征性。

这次她对三峡大坝进行发言，我觉得是她过去写作延续至今不得不应对的一个难题，所以《孔雀的叫喊》是一个很真实的喊叫，是她发自个人经验的、内心的喊叫。有快乐就喊，有悲哀也要喊，这就是文学，也许是文学更真实的状态。

虹影这本书可以从不同角度去解读，可以从很大的"离散文学"、全球化、平民意识、反市场的"新左派"策略等方面去阐释；也可以从非常平实的阅读感受和审美经验角度去理解。但是，在这里，我想从她的文本中隐藏的叙事关系去理解这部作品。

这部小说的直接叙述动机来自修建三峡大坝引发了作者的忧虑情绪而写出她的内在感受。这在这部作品的封底，以及虹影自己为研讨会做的说明文字都可以看出。蓄水至175米水位线的大坝将导致100万人移民，高峡将大半落入水中，举世闻名的风景区，无数的文化遗产将不复存在，这是令作者最为痛心的事。

历史是如何被淹没，这些草民的历史，这些不断被涂改的历史将被淹没。虹影一直在书写草民的记忆，原来是河的女儿，这次是面对大坝，写大坝绝不是简单地去迎合市场，而是作为河的女儿，在大坝的面前，应该去发出她的声音。

然而，小说叙事是如何处理这些故事的呢？像虹影这样的小说家是如何呈现出她的内心的呢？

事实上，这个"大坝"——这个巨大的大坝在小说中并不常见，几乎没有多少正面的描写，它实际上是缺席的。但你时时感觉这个大坝的存在。这个不在场的大坝是一种象征物——它把历史与现实连接起来。一方面是现在的"大坝"，这个触发了作者反复思考，忧心如焚的大坝；另一方面是历史，巨大的现代性的中国历史，那个"我"的出生之谜，或者说那个关于"转世"之谜。

虹影试图从现在迈入历史，但她怎么能进入另一个历史，甚至是另一个世界，那个转世的世界呢？确实，那段巨大的现代性的暴力革命历史，怎么与现在的这个大坝的历史连接起来呢？

只有"转世"，可是"转世"——这个迷信的软弱的，难以令人置信的历史变化，就像中间横亘着一个巨大的历史大坝一样，虽然这是一个无形的大坝，但我们并不能进入那个历史。虹影就这样坚决而徒劳地进入那段历史。这种叙述真让我惊奇，她就是这样把两种历史奇特而巧妙地联系在一起。

在我们阅读这部小说的时候，可以看到非常具体，非常个人经验化。虹影用非常平易的方式切入，但是里面的东西非常复杂，单纯中可以透示复杂，也可见其叙述上非同寻常的能力。

这里有两个主线，陈阿姨的视角非常重要，柳璀的视角也非常重要，这两个女性的视角共同推进这个故事。这两段历史是完全不同的历史，他们在这里交织，在这里互相寻求他们的过去与未来的一种关系，这个关系在这里最后是陷入了一种困境，陷入了困境的根源在哪？一个是前现代的女性——乡村中国的妇女；另一个柳璀是一个后现代的——她从事基因生物工程研究，这个可以看成后工业化社会的典型标志，其相关的伦理正是未来人类最根本的困惑。

作为一个前现代的女性，陈阿姨是一个草民，书写关于草民的历史。在现实的层面上，这个草民历史正在被淹没，被现代性的大坝矗立起来后的大水所淹没。这正是虹影写作的首要动机，她的忧虑之所在。

然而，草民有历史吗？什么才是草民的真正历史呢？小说叙事展开了历史寻根，她回到中国现代革命的历史中，陈阿姨、红莲、和尚……这些人，芸芸众生，被卷入那段巨大的现代性的革命史，他们被历史轻易地淹没了。柳专员用暴力革命常见的方式轻而易举理所当然就否定红莲、和尚这些人。

小说叙事选择两个女性的叙述方式，它是把前现代的女性从一个后现代的女性眼中去呈现出来。这里她们交织在一起，呈现了一副中国从前现代进入现代的一种困境。而这种观看的视角是后现代的，是从柳璀这个从事基因工作的后现代生产力（或生产关系）中的女性来看的，她看到现代性的巨大力量。

柳璀的视角也是虹影的视角，这是一种价值观的角度，更重要的在小说文本中是一种叙述的视角。她不经意就把后现代性的叙述视角加入进来了，或者说隐藏于其中，最后才让人恍然大悟，隐匿了这么一个折叠于其中的视角。

小说好像要把后现代性的叙述淹没前现代的历史，但她越不过历史，后现代淹没不了那样的前现代历史。过去我们把后现代看成批判性的，其实后现代的批判性，同时也是在谋求建设性的方案，也是对现代性去寻找一个更加富于人文的东西，后现代的这一思想在我们十多年的叙述和传播当中是表述得不够，同时也被攻击者严重歪曲和丑化的。

其实后现代是一个非常温和的人文化的一种思想，而不是洪水猛兽的，它是孔雀，而不是雄狮子；它是草民，而不是霸权。所以这点我觉得恰恰是我们要把握的。在小说中本身是两个女性的对话，但是这个历史的跨度是这么大，半个世纪的事情，而中间突然间是中国现代性的历史，这个非常激进的、革命的、暴力的，对历史本身并对生命进行摧毁性的历史，就像一个大坝武断地横亘在长河上一样。这个现代性的大坝，又具有了某种后现代的功能，所以这个大坝迎来了中国社会的巨大发展。

对这个大坝我们能够说什么呢？我们感觉到所有的言论撞击到这样的大坝都被弹了回来，因为它确实是巨大的，它把我们那么长远的历史突然间就阻隔了。

这里包含着它可以提升当地的经济，据说使当地的经济往前加快了25年，那么对当地（西部）GDP的增长，西部开放的促进将有多么重大的作用，这都是有很多的数据，都有很多说法。这个大坝创造了一个省份，它带动了相关的产业。在对现代性的大坝进行怀疑的时候，我们又不得不面对中国的现实，庞大的剩余劳动力集中在西部，这点我们又不得不说，它的存在有它某种合理性，整个西部的那些准现代的制造业都依赖这个大坝生存。中国要成为现代化国家，要非常紧迫地进入后现代的市场化国家，付出的代价也是非常昂贵的。

大坝既是一个阻隔，又是天堑变通途，一条便捷之路——它是这样一个桥梁，是前现代直接通向后现代的桥梁，所以它的象征意义巨大。

虹影这样的写作确实熔铸了对中国很复杂的历史的叙述，这些问题是通过两个女性对她们自身命运的呈现和反思，特别是从事基因工程的女科学家，面对陈阿姨——前现代农村的妇女，她们的历史是怎么被现代性的压抑改写来进行思考的。这个历史如何转化为当代的历史？我说过陈阿姨其实是一个视角，陈阿姨的故事其实包含着红莲的故事。这是陈的叙述坚持要表达的真实内核。这个内核以一个前现代的女性，她生命的存在，她的被蹂躏的肉体和命运，如何被卷入了这样一个庞大的现代性的历史,她被草率、轻易地消灭了。

这个历史很有意思,它颇有点后现代式的折叠重复。柳璀的父亲就是柳专员,那个无情枪毙可怜的妓女和和尚的干部。现在谁在为他赎罪?没有。柳璀也没有。她又面对着那个据说是转世的陈月明。这个倒霉的人是唯一对长江文化遗产、对自然之美存有留恋的人。其他的人,所有的人,都被眼前的利益所吸引。

读者会发现,虹影这个构思很有意思,看上去不经意,而你仔细分析下去,发现这些东西是千丝万缕地勾连在一起的,它里面的东西甚至像打开魔方一样,从哪个方面看,它都折射出几个东西能够连在一起的关系网络。

这里相互联系和纠缠是非常多的,一段前现代的历史、草民的历史,它是如何被淹没的,而且在用后现代的视角去看它的时候所陷入的困境。

很显然,女主人公自己也陷入了一种迷惑,这就出现了另一个问题,也就是关于基因与轮回的问题。轮回是一个前现代的希望,所有的希望是寄托在轮回上的,它没有别的希望。所以在小说的叙事中,这个红莲就转世为陈月明。转世这种希望,确实和基因放到一起,这个构思很有意思,在后现代的时代看起来,女主人公作为一个后现代的基因生物科学家,去反观父母的命运的时候,结果陷入了关于轮回的故事里。

这样一个反思现代性革命的历史却怎么又夹杂着轮回的观念呢？这是虹影在耍的诡计。她知道那段历史与现在这段历史的连接非常困难。除了轮回，怎么能连接在一起呢？然而，轮回在这里是这样虚假，小说也并不想说得一清二楚。除了这是一个预设的观念，这个轮回没有更有效的思想的和叙事的功能。

但这种象征意义却起到作用。这样使这个从事基因高科技工作的人，这个重新创造人类生命神话的主人公，陷入了困境，到底这样一个科学技术能不能使我们转世？现代性通过暴力转世——一种很值得怀疑的转世；而后现代的基因克隆技术也是转世的另一种形式，它又如何呢？

我们生长于这样一段历史中，从前现代到后现代，是被强行地改变了，你发现在我们现代性的革命暴力，民族国家的巨大的叙事当中，这个轮回没有生存下来，它变成了一个草民——一个叫作陈月明的最无用的人，他与那段历史记忆已经无关。历史依然重复如故，现代性的历史却蓬勃旺盛，一条巨大的大坝变成了历史的通途。而历史（文化的、革命的）与草民的历史已经被淹没，历史记忆被抹去，只有无望的轮回寄寓可有可无的希望。

虹影并没有想把现代与后现代的叙述对奏展开到底：她也遇到现代性的大坝，她不能全然否定和怀疑它的权威性，它的历史功效。那些"三峡草民"也不是无可指责，虹影一再批判了他们可悲的近利的毛病。女主人公也没有洞悉全部生活的奥秘，她只看到了那个若有若无的丈夫的情妇，她就垮了，而她能在精神上复活，则又只能寄望于情爱，一种世俗的家庭伦理。她回到现代性的世俗秩序中，正如虹影最终没有试图让基因与轮回进行对话一样。后现代式的叙述不可能淹没前现代的历史，因为中间横亘着现代性的大坝。

我们都热爱现代性，在审美经验上，我们都未能超越现代性经验。因为我们一直在指望现代性的大坝成为超度之桥，这使我们只能生存于大坝之下，就如我们的全部现实。

追寻着历史的身影

解玺璋

与其说虹影对现实感兴趣，不如说她对历史更感兴趣。她的新作《前世今生：孔雀的叫喊》以长江三峡正在发生的巨大历史性变迁为背景，而她的目光却穿透了历史与现实之间布满迷雾的屏障，直达一个人或一个时代最隐秘的境地。她说："毕竟，有谁能抵达出生前的世界呢？"她把这句话留在封面上，也许表达了她的某种感慨。

实际上，我在虹影的其他作品里也感觉到了她的这种目光。比如在《饥饿的女儿》里，主人公六六始终在探求历史的真相，她从大姐、母亲、生父的嘴里一点一点地了解到她想知道的东西；又比如《阿难：走出印度》，女作家受命追踪阿难是这部作品的结构方式，而女作家所看到的和听到的，却不仅仅是阿难的故事，还有更重要的历史的身影；而在《前世今生：孔雀的叫喊》中，主人公柳璀甚至就是为了这种目的而存在的，她似乎一定要为自己的现世找到一种历史的依据，或者说，找到她的来历。

小说写道，遗传学教授、基因工程科学家柳璀怀疑丈夫有外遇，从北京来到丈夫任职的三峡库区。然而，我们很难相信，她只是为捉奸而来。事实上，这更像是作者为了迷惑读者而施放的烟幕弹，我们也不妨把它视为引诱读者的商业包装。透过这一切我们隐隐约约地感到，作者一定还赋予了柳璀其他更重要的使命。那么，她此行的目的究竟是什么？我们唯一能做的，也只有等待着故事在作者的笔下慢慢地展开。此前，她的母亲倒是提醒过我们，临行前她对柳璀说，你应该抽空到良县去一趟，"毕竟那是你出生的地方"！作者刻意安排的这一笔，并没有引起我们太多的注意。

事实上，作者的叙述一直在二者之间游移。而更多的时候，她是在寻找一条通向历史深处的幽僻的小路，就像是柳璀寻找鲥鱼巷七十八号附一号的陈阿姨时走过的那条"青苔和野草生满石缝"的小路一样。正是在陈阿姨时断时续的讲述中，一个特殊历史时期的面貌和细节渐渐地浮现出来。在这里，柳璀第一次听说了红莲和玉通禅师的故事以及她在这个故事中的位置。正是在父亲下令枪毙红莲和玉通的时候，她哭喊着来到人间。其间是否会有某种联系呢？至少陈阿姨是这样想的，她和她的丈夫，那个曾经在战场上出生入死的陈营长，就因为同情红莲和玉通，反对柳专员野蛮、粗暴的做法，结果以一生的悲惨遭遇作为代价。他们没有力量改变自己的命运，他们只能通过叙述给自己一些必要的安慰。

历史应该由谁来陈述？谁将拥有陈述历史的权力？这一直是个十分重要的问题，它不仅决定着历史的面貌可能是个什么样子，而且，部分地决定着我们对于历史的判断。一般说来，陈阿姨是没有机会充当历史陈述人的，她们连同历史一起长久地被忽略乃至被埋葬了。现在，她被作者从那间"老鼠都不待"的屋子里发掘出来，作为那段历史的亲历者和见证人，作者给了她以自己的方式描述那一段历史的机会。陈阿姨讲述的历史也许是柳璀所不了解的，但是，它的确曾经真实地存在过。

当然，就某种历史观而言，陈阿姨所讲述的，似乎也可以说是作家对于历史的另一种想象。但这一点现在已无关紧要。实际上，在我看来，虹影所希望和努力的，不仅仅提供给我们一种关于历史的描述，尽管这种描述可能与以往的许多描述都有所不同，更重要的，她似乎是想重建一种历史与现实的联系。在她的叙事中，现实是历史的另外一种存在方式。也就是说，历史总是顽强地通过某种途径对现实施加影响。柳璀之于玉通禅师，月明之于妓女红莲，他们的因缘轮回，因果相续，在历史与现实之间建立了一种很有意味的联系。作为一个现代人，我想，虹影未必相信过去与未来的冤冤相报，但是，历史上曾经发生的一切，怎么可能不在现实中以另外的方式呈现出来呢？历史往往会有惊人的相似之处，当年红莲与玉通禅师的遭遇，不是几乎要在柳璀与月明身上重演吗？柳璀与月明被关进牢房的那一幕，几乎可以使我们想象当年发生在这里的那一幕。他们在强劲的历史潮流面前，总是无助和渺小的。如果历史的潮流真的把他们淹没了，他们也会和红莲与玉通一样，永远地沉默下去，连一朵小小的浪花也翻不起来，就像无数的三峡遗迹和三峡人的历史将被大水淹没一样。

《前世今生：孔雀的叫喊》源于虹影对宋明间流传了几百年的"度柳翠"故事的改写，她把"度柳翠"的故事放在小说正文的后面，无非是想提醒读者注意二者之间的联系。但此柳璀绝非彼柳翠，更非彼玉通，她不是为了"报复"而来，作为一个研究遗传和基因的现代科学家，她甚至只能理性地面对自己的"前世"。而这样一种历史与现实的关系架构，也极大地方便了作者的叙事，她可以自由地往返于历史与现实的时间隧道中。

她的叙述，时空的跳跃，历史与现实的连接，使我们真切地感受到作者面对沧海桑田般的历史变迁那种难以言说的心情。在故事结束的时候，柳璀把头靠在月明的肩上，一切放心地闭上眼睛，这还不是她的顿悟，她内心的困惑和疑虑肯定还在，我想，她也许是累了。

猜一猜,孔雀为什么呼喊

张颐武

虹影是中国非常重要的"离散作家",她一直在海外华语写作空间中发展,近来,她开始高度关注国内的变化,并将出书的重点放在国内,这无疑显示了"离散作家"的回归倾向。这种回归一方面当然是华文写作和阅读的主要空间在中国,没有中国读者的肯定,华文写作的可能性会受到限制。

虹影的《前世今生:孔雀的叫喊》乃是一部彻底地"回归中国"的小说。不仅其题材异常地逼近中国当下的现实,而且其想象和接触中国的方式也具有中国特色。

虹影试图表现的是翻天覆地的三峡大坝:在经济的高速发展中,作为世界的工厂,世界制造业中心的中国。在这里,如何重新观察我们的历史,把历史作为我们的记忆无法褪去的部分。同时，虹影探索了在全球化时代"地方"和它的人民面临的挑战。"记忆"和"地方"是这部小说回应全球化时代的关键方面。"三峡"既是虹影的个人记忆，又是中国新的宏伟工程的所在；既是一个充满传统韵味和历史重负的地方，又是面临机会的新的空间和全球资本主义的新的节点。

虹影的表现充满了独特的力量。

孔雀一般是开屏，展示它灿烂的羽毛，现在不光开屏，它要发出一种绝望的叫喊。孔雀这个角色改变了，我想孔雀的叫喊有多重的意义，一个是书里的意义——三峡的古文化有孔雀形象。

另外，我想做一个阐释，孔雀的叫喊其实是三峡发出的声音，三峡原来是非常美丽的，但是现在孔雀开屏发出了一种叫喊。我想，这也不是说对经济发展的否定，也不是说对三峡这样一个大的工程的否定，而是从另外的角度重新反思历史，所以她这个小说有非常积极的意义，把记忆的历史，和在经济发展中所面对的困境，面对的种种问题，做了一个非常巧妙的结合，这个我觉得是前所未有的。

中国的经济增长和三峡的建设还是给三峡的人带来很大的机会，同时，高速的成长也会给地方带来问题和冲击，它抹掉了我们历史的记忆，冲击我们生存和传统的关系。虹影作为一个离散的作家，她回归中国的很大举措，就是重新回到自己历史的记忆里吸收滋养，把这个历史记忆的力量充分地展现出来。

孔雀的叫喊实际是一个记忆的叫喊，关于中国的历史、人民的历史的一个记忆的叫喊，这个记忆的叫喊，通过《前世今生：孔雀的叫喊》这个文本终于浮现出来。从这个角度看，我觉得虹影这本小说意义很大。

小说里的人物值得我们关切。人物怎样探究他自己的身世和与自己的身世有关的故事，从《饥饿的女儿》开始，虹影一直在做这样的工作，探究个人的历史怎样处于中国的历史之中。基因科学家柳璀，她的工作是探讨人类最基本的代码，人类赖以存在的生物技术，这其实跟文学家是有点儿相似的。文学家其实是探讨人性的基本组合代码，基因科学家跟文学家是一样的，一个是生命领域，另一个是人类精神领域，所以这是一个非常微妙的关系——柳璀和虹影其实是一种相互重合和相互叠加的关系。

柳璀和虹影的思考和观察是要捍卫底层的人民，在经济增长中不受到损害，在全球资本的大规模运作里不受损害。这是非常有意思的想法，在这小说里，人民在历史中曾经受过很大的损害，但是现在人民在经济增长中，他们还可能再度受伤，所以要保护人民不要受到伤害。这种社会的关怀是非常可贵的。

这里出现了一个非常严酷的问题：这些在全球化时代的身处底层的人民，他们对于全球资本主义似乎是没有什么用的，他们除了领取迁移款之外，似乎没有什么用，成为过剩的东西。那么，地方的职责或作家的职责，就是保护人民，让他们能够有价值，我觉得小说在这方面做了一个前所未有的探索，它是一个社会关怀的小说，同时也是社会心理探索的小说。

同时，这部小说对于全球资本主义的意识形态力量提出了反思。

这种意识形态在一般的日常生活中是以消费主义为基础的，消费主义是这种全球资本主义意识形态的"低端"方面。由于它特别具体易感，特别具有具体而微的操作性，而容易变成一种日常生活的普遍价值。消费变成了人生活的理由，在消费中个人才能够获得自己的价值和意义，获得某种自我想象。消费主义的意识形态乃是当下日常生活的基础。我们可以发现，消费划定了人的阶层地位，消费给予人价值。与消费主义的合法化相同构，是日常生活的意义被放大为文化的中心，被神圣化，而昔日的现代性的神圣价值被日常化。日常生活的欲望被合法化，成为生活的目标之一。

在"高端"上，全球资本主义的意识形态并不仅仅依靠消费主义，而是凸显了一种"帝国"式的绝对正义的意识形态。这种意识形态经过了20世纪90年代初的海湾战争，90年代中叶到90年代末的科索沃及南斯拉夫战争,直到"9·11"之后已经完全合法化了。这种意识形态在目前的集中表现乃是全球反恐,这里绝对正义和恐怖之间的冲突,正义的无限性和永恒性都标志了一种全球资本主义的道义上的绝对合法性的确立。这已经超越了伊格尔顿对于全球资本主义仅仅是消费主义的描写。全球资本主义在此找到了自己道德上的正当性。新的全球资本主义的合法性基础已经完全确立。

这种全球逻辑对于底层人民的伤害和冲击最大。弱肉强食的丛林法则让人们失掉了安全感,只有资本的逐利的逻辑才是唯一的价值。这个小说可贵的地方,在于一个漂泊离散的作家,对自己的人民和无名的人,充满了关切,并重新回到自己的社区,母亲的社区,回到了重庆、三峡,找到了一种认同,用这种认同捍卫记忆和底层的价值,我觉得确实是非常可贵的尝试。

我觉得这部小说也是一部杰出的实验性小说。

《前世今生:孔雀的叫喊》在风格上也有自己独特的地方,在追寻记忆的同时就有记忆和现实奇妙的混杂性。实际上,所谓现代派在全球资本主义时代也是很好的消费产物。很多人都以为现代派是批判全球资本主义,其实现代派恰恰是全球资本主义很顺手的工具。

现在,虹影突破了这个程式,她突破的办法,是把历史里最隐秘的东西，用浅俗的情节剧的方式推演出来。那种家族的故事，关于婚姻、私生子还是真孩子，都是电视剧故事的。但把世俗的力量和现代主义混合在一起。这个探究的通俗性，和非常强烈的现代式的思索，混合在一起。

这种混合，我觉得是这部小说用得很成功的一个办法。既可读，又探索。

虹影还将问题还原到关于性的探究里。全球性的性的生产，也是全球资本主义很大的商品，大家看《欲望都市》，到处在流行，性的问题是一个全球化运用得非常好的代码，非常有用，虹影利用这种元素，并从中发现某种批判的力量。把世俗的力量和一种现代主义式的自我反思性结合，找到了一个非常好的切入点。

这是一个很好的起步，重新回到自己的社区，回到自己的社群里，重新考虑对全球化、对人重新提出一些思考，是这部小说的关键。

在全球化的发展中，怎么样保护弱者和怎么样保护记忆，这两个任务给我们提出来了，需要我们重新思考。《前世今生：孔雀的叫喊》正是一部需要再思的小说。

一本好看的书

止庵

当年虹影的《饥饿的女儿》出版时，封底上印着一段话，记得出自外国某位评论家之口，指出这本书具有畅销小说的一应要素。这回我读了她的《前世今生：孔雀的叫喊》，觉得这番话用在这里也很合适。读者要求一部畅销小说有的东西，这里也一应俱全，譬如凶杀、性、人的命运等。另外它还有个重大的政治背景，有个很吸引人的故事。所以我觉得《前世今生：孔雀的叫喊》是一部可能畅销的小说。

作家写一本书，的确有个面向什么人写作的问题。这拿一个不大好听的词儿来形容就是"迎合"，但是我说这话时却毫无贬义。"迎"就是面对，面对之后才能达到一种契合，那就是"合"了。这是所有作家都不能回避的，区别只在于面对的人或多或少。纳博科夫说："一个艺术家想象的观众是一屋子戴着他自己的面具的人。"这不也是一种迎合吗？不过他迎合的只是自己罢了。有的作家面对少数人写作，有的作家面对比较多的人写作，仅凭这一点未必能够分出高下。当然面对少数人写作，可能最终还是会有很多人读，但这是另外一个问题。至于《前世今生：孔雀的叫喊》，我想它是一本面对大众读者写作的小说。

问题在于当一个作家有意要面对大众读者时，他是否真的有能力做到这一点。这涉及从构思到写作的一系列技巧问题，其实并不容易。从《饥饿的女儿》《K：英国情人》《阿难：走出印度》到《前世今生：孔雀的叫喊》，我觉得虹影在这方面已经很娴熟了，她充分掌握了有关技巧。她确实了解普通读者的心理，知道当他们打开一本书时，阅读习惯是怎样的，反过来说，就是有什么违背他们的习惯。这与小说的开头、结尾和进展都有关系，她对这些都能够很好地予以设计和表现。这也不一定非要屈就什么不可。

对于虹影来说，她是在自己与读者的天地重合之处写作的。《前世今生：孔雀的叫喊》是一部很好看的小说。虹影把"度柳翠"这样一个被写过很多次的古代故事放在现代的背景里重写一遍，从而赋予了它新的生命，而作家自己所想表达的一切都得到了充分表达。这个方法我们在现代绘画上经常看到，三岛由纪夫也用类似方法写过《现代能剧集》，他的《丰饶之海》写的也是转世故事，也许作者是从这里得到了某些启发吧。

虹影在叙述故事时，总是很能沉得住气。这本事当初我读《饥饿的女儿》时就发现了，我想这是一种叙述才能。从头到尾，节奏都在控制之中；何时当"张"，何时当"弛"，都处理得很好。这些说起来只是技巧问题，然而我始终认为技巧对一个作家来说是必要的修养。

关于虹影，还应该提到一点，就是读了《前世今生：孔雀的叫喊》，我认定她是那种介乎新旧之间的作家。这也需要解释：她不曾"新"到只顾一己快活，不管天下如何；也不曾"旧"到一切唯命是从，丧失思考判断能力。她还是非常关注我们这个国家、这个民族的命运的。她是一个忧国忧民的人。《前世今生：孔雀的叫喊》中充满对历史的苦难记忆，和对现实的深切忧患，因为这些的确在作者的关注之中，或者为她所不能忘怀。这是中国知识分子的传统姿态。然而另一方面，她的立足点又总是在普通人那儿，在小人物那儿，她的忧国忧民由此深深扎下根来，而不流于虚无缥缈。她总能体会底层民众的生存状态，他们愿望如何，这种愿望又是怎样难以实现。也许因为她永远是他们当中的一员。

我在读《饥饿的女儿》时对此已有深深体会，如今在《前世今生：孔雀的叫喊》中又感到；我曾说虹影作品的价值首先是在这里，现在仍是这般看法。至于这一点是否与前述写作技巧相得益彰，而与大众读者达成共鸣，我想大概这还是两回事吧。勉强说写得好看可能对此有所助益，但是只怕当今之世，大家不守旧也是趋新，作者的一番忧国忧民或许不过是种自我安慰而已，虽然对她来说乃是不吐不快。然而有人这么想、这么说，总归比寂寞无声要强；声音之为一种力量，或许即在于此。

不管怎么说，大家有一本好看的书可读，这也是好的事情；正所谓"外行看热闹，内行看门道"。